앨리게이터

전건우

차례

앨리게이터   **7**

1.

악어는 두 종류가 있다지만, 우리 집에 사는 건 그중에서도 '앨리게이터'가 틀림없다. 크로커다일과 앨리게이터의 차이점을 아는 현명한 이들은 그리 많지 않다. 둘 다 같은 악어 아니냐고 되묻는다면 준수한 수준이고 대부분은 그게, 그러니까 크로커다일과 앨리게이터가 뭘 뜻하는지도 모르니까. 나는 악어에 대해 1시간은 족히 떠들 수 있고 두 과(科)가 어떻게 다른지도 확실히 알고 있으며 '라코스테'의 로고 속 악어는 크로커다일이라는, 잡다한 상식 역시 읊어댈 수 있다. 문제는 그걸 누군가에게 들려줄 수 없다는 건데, 이것과 관련해서는 나중에 이야기하겠고 지금은 앨리게이터에 대해 조금 더 떠들겠다.

앨리게이터는 둥근 주둥이를 가졌고 위턱이 아래턱보다 커서 입을 닫았을 때 이빨이 보이지 않는다. 이게 크로커다일과 가장 큰 외형적 차이다. 덩치도 크로커다일에 비해 조금 작다. 온순한 편이라고는 하나 상대적일 뿐 치명적이고 포악한 사냥꾼이라는 사실은 크로커다일과 다르지 않다. 앨리게이터의 특이한 습성은 호수에 자신만의 섬을 만들어놓고 그 안에서 가족과 생활한다는 거다. 수컷 앨리게이터는 그 섬의 지배자이자 폭군이며 보호자이기도 하다.

종합해보자면, 역시 우리 집의 '그놈'은 앨리게이터가 틀림없다. 남 앞에서는 한없이 자상하고 온순한 남자 연기를 하지만 자신의 섬인 이 반지하 집으로만 들어오면 난폭해지니까. 결정적으로 놈은 입에서 싸구려 틀니를 빼내면 합죽이가 된다. 이를 드러내려야 드러낼 수 없는 그 꼴이 앨리게이터와 똑 닮았다. 한번은 평소처럼 우리 엄마를 때리다가 놈의 입에서 틀니가 튀어나온 적이 있다. 그러자 윗입술이 순식간에 말려 들어가면서 아주 우스꽝스러운 몰골이 됐다. 그런 상태의 놈이라면 나도 무찌를 수 있을 것 같았다. 물론 그러자면 놈이 내 왼손 근처로 와줘야 하겠지만. 단련에 단련을 거듭한 내 왼손을 휘두를 수만 있다면 이빨 빠진 늙은 수컷 앨리게이터 따위 한 방에 보내버릴 텐데.

물론 영악한 악어는 그런 실수 따위 하지 않는다. 내가 아무리 끙끙대며 앓아도 놈은 멀찌감치 서서 혀만 찰 뿐 결코 다가오는 일은 없다. 지금처럼 말이다.

"저놈 저건 왜 맨날 앓는 소릴 내는 거야? 통나무라고 하지 않았어?"

전신마비 환자를 통나무라 부르는 저급함이야 그렇다 쳐도 환상통을 이해 못 하는 무식함에는 고개를 젓고 싶었다. 목신경을 다친 나는 왼손을 90도 정도 구부렸다 폈다 하는 걸 제외하고는 온몸을 움직일 수 없었다. 감각 또한 느끼지 못한다. 좀 더 정확히 말하자면 'C-8 척수 완전 손상 환자'인 셈이다. 씨팔. 어쩜 다친 부위도 'C-8'일까. 아무튼, 움직이지도 못하고 감각도 느끼지 못하지만 나는 매일 아팠다. 찌르듯 아프기도 하고, 두드리듯 아프기도 하고, 코끼리가 잘근잘근 밟는 듯 아프기도 했다. 그게 바로 환상통이라고, 내 담당의는 아무렇지 않게 말했다. 그러면서 덧붙였다.

"환상통이 그래요. 아무리 아파도 절대 죽진 않거든요. 그러니 안심해도 됩니다."

죽을 만큼 아픈데 죽지는 않는다니, 통증보다 그 말이 더 끔찍했다. 게다가 진통제도 줄 수 없다는 말에는 주둥이를 향해 주먹이라도 뻗고 싶었다. 가능만 했다면. 의사는 그 정도 사고에서 왼팔 하나를 건진 것만 해도 다행이라며 위로 아닌 위로를 건넸다.

"재활만 잘하면 혼자 휠체어를 타는 정도로는 회복할 수도 있습니다. 우리 병원의 최첨단 재활 시스템에 꾸준히……."

뒷말은 귀에 들어오지도 않았다. 이 거대한 종합병원의 최첨단 재활 시스템을 이용하려면 어마어마한 돈이 든다는 것쯤, 유일하게 머리만 멀쩡한 내가 모를 리 없었다. 엄마는 지하철역 앞에서 사람들에게 전단 나눠주는 일을 했다. 한 장을 나눠줄 때마다 엄마에게는 50원이 떨어진다. 한 달에 약값과 재활 치료비까지 해 500만 원이 나가는데 그걸 충당하자면 엄마는 백만 장의 전단을 돌려야 한다. 애초에 성립이 안 되는 일이었다. 내가 병원 치료를 중단하고 반지하 셋방으로 돌아온 건 그런 이유 때문이었다. 그러고 얼마 안 가 저 놈의 앨리게이터가 떡하니 나타났다. 놈은 간이 나쁜 게 틀림없어 보이는 싯누런 눈깔로 나를 훑은 후 툭, 한마디를 했다.

"얼마 못 살겠네."

그때는 마침 엄마가 소변줄로 내 오줌을 빼내던 중이었다. 나는 수치심과 분노를 동시에 느끼며 도대체 누구인지 물었다. 물론 엄마에게. 그랬는데 대답은 그 기분 나쁜 양반이 했다.

"네 엄마 애인."

그렇게 말하며 새끼손가락을 들어 까딱거렸다. 그 천박한 행동은 아직 머릿속에 선명하게 남아있다. 종일 멀뚱히 누워있으면 뭔가를 잊기가 참 힘들다. 생각은 꼬리에 꼬리를 물고, 분노는 걷잡을 수 없이 부풀어 오르고, 자살 충동은 태어날 때부터 붙어있던 샴쌍둥이처럼 한 몸이 되어 내가 호흡할 때마다 자신의 존재를 드러낸다. 그리고 그 순간마다 나는 새삼 깨닫는다. 나는 죽고 싶어도 죽을 수 없는 처지라는 사실을. 나는, 통나무니까.

2.

 사고는 예기치 못한 순간에 찾아왔다. 물론 세상의 모든 갑작스러운 사고가 그렇듯 전조는 있었다. 왜 그런 것들 있지 않나. 지진 전에 일제히 도망치는 쥐 떼나 해일이 밀려오려 할 때 바다가 우는 소리를 내는 그런 현상. 내 경우에는, 그러니까 브레이크 고장 난 빌어먹을 8톤 트럭이 배달용 오토바이를 덮치기 직전에 심장이 그렇게 뛰었다. 신호 대기 중에 말이다. 어딘가 잘못된 게 아닐까 싶어 덜컥 겁이 날 정도였지만 그날은 배달이 밀려있었다. 도로 한쪽에 오토바이를 세우고 몸을 살필 여유 따위는 없었다. 그랬기에 파란불이 되자마자 교차로를 가로질렀고 그러고는 지금의 상태가 되었다. 빵! 끼익! 쿵! 그리고 납작.

 이 대목에서 나는 솔직하게 털어놓아야겠다. 날 친 트럭도 문제가 있었지만 나 역시 문제가 없진 않았다. 방금 파란불이 되자마자라고 했지만 그건 거짓말이었다. 어디까지나 조금이라도 유리한 상황에 놓이려 경찰에 거짓 진술을 했다. 나는 파란불은커녕 노란불이 되기도 전에 교차로로 달려들었다. 말했다시피 그날은 배달이 밀려있었고 그건 백 퍼센트 사실이었다.

하지만 언제나 그렇듯 거짓말은 곧 밝혀졌다. 신호위반에 무면허 오토바이 운전까지 더해 상황은 내게 안 좋은 쪽으로 흘러갔다. 거기에 트럭 운전사가 브레이크 고장 난 그 육중한 괴물을 어떻게든 멈추기 위해 날 저 멀리 안드로메다로 날려버린 후 스스로 가로수를 들이받았다는 사실까지 더해지며 여론 역시 내게 등을 돌렸다. 실제 그런 기사가 줄줄이 떴다. 무면허 라이더가 선량한 트럭 운전기사의 인생을 망쳤다는 식의 기사. 운전기사는 가슴에 가벼운 타박상을 입었을 뿐이고, 병문안이랍시고 와서는 내게 욕을 한 바가지 퍼붓고 떠났지만 어느새 큰 사고를 막아낸 불운한 의인이 되어 있었다. 당연하게도, 보험금은 한 푼도 받지 못했다. 트럭 쪽 보험 담당자는 내게 피해 보상을 하지 않게 된 걸 다행으로 여기라고 말했다. 아무것도 모르는 엄마는 그저 울며 감사하다고만 했다. 나는 뭘 했느냐고? 멍하니 누워있었다. 한순간 전신마비 환자가 되면 웬만한 자극에는 반응도 못 한다는 걸 그때야 알았다. 나는 너무나도 명백하고 선명하지만, 또 반대로 무척이나 무감각한 불행 앞에서 정신을 차릴 수 없었다.

자, 지금까지 통나무의 탄생기였다. 딱히 궁금해하

는 이가 없었을 테지만 어쨌든 주절주절 털어놓았다. 말하고 보니 속이 시원하다. 물론, 그런 감각도 느낄 수 없지만.

3.

앨리게이터의 이름은 박봉주다. 엄마는 매번 봉주 씨, 하고 불렀다. 봉주 씨 밥 먹어요, 봉주 씨 씻어요, 봉주 씨 다녀올게요……. 반면 차가운 피가 도는 파충류인 놈은 엄마를 항상 이년 아니면 저년이라 칭했다. 엄마가 차려준 밥을 먹을 때도, 엄마를 때릴 때도, 엄마에게 돈을 뜯어낼 때도 언제나 마찬가지였다. 앨리게이터가 처음부터 그랬던 건 아니었다. 무려 '우리' 영미 씨라고 불렀던 적도 있었다. 그러니까 그건 놈이 우리 집에 처음 등장했을 때쯤의 일이었다.

내가 사고를 당해 꼼짝도 못 하고 누운 지 반년 정도 됐을 때 놈이 우리 집에 들락거리기 시작했다. 안 그래도 기울어 있던 가세가 내 사고로 거의 무너지기 직전인 상황이었기에 엄마는 놈을 구원자쯤으로 여겼던 게 아닐까 싶다. 그건 나도 그랬다. 박봉주는 제법 그럴싸한 복장을 하고 무려 과일바구니며 소고기 세트 같은 것들까지 들고 왔으니까. 그게 다 놈의 수법이자 계략이란 걸 알기까지는 그리 오랜 시간이 걸리지 않았다. 점점 자주 방문하다가 급기야 짐가방을 들고 우리 집에 들어앉은 날, 놈은 쿠데타를 일으킨 반란군의 수령이 새 정부의 도래를 알리기라도 하듯 짐짓 근엄한 표정으로 선언했다.

"오늘부터 우린 식구다. 한 가지만 기억했으면 좋겠다. 그러면 우린 한 식구로 제법 잘 살아갈 테니까. 내 말이 곧 법이다. 알았나?"

놈은 그게 무슨 말이냐고 묻는 엄마의 뺨을 때림으로써 본색을 드러냄과 동시에 서열 정리를 완벽히 끝냈다. 불과 반나절 만에.

그로부터 얼마 후 놈이 잠시 외출한 사이 엄마가 내게 울며 말했다.

"저런 인간인 줄 몰랐어. 앞으로 어떡하면 좋니?"

엄마가 놈을 만난 건 내가 벌떡 일어나는 기적이 도래하길 바라며 그토록 열심히 다녔던 교회에서였다. 박봉주는 자신이 파충류라는 사실을 밝히는 대신 건실한 사업가요, 신실한 신도며, 성실한 남자로 철저히 위장했다. 마치 악어가 그야말로 통나무 행세를 하며 먹잇감 쪽으로 천천히 헤엄쳐 가듯이 그렇게. 알고 보니 놈은 땡전 한 푼 없는 백수에 폭력과 사기로 교도소를 몇 번이나 드나든 악질이었다. 거기다가 틀니까지, 뭐 하나 진짜인 게 없었다. 늙어빠진 놈이 빌붙기 쉬운 상대로 자신을 골랐다는 사실에 엄마는 좌절하고 절망했다. 한 가닥 희망마저 무너진 엄마는 분노하기보다 체념을 선택했다. 나는 그 사실을 알고도 화를 내지 못했다. 엄마의 쉬운 체념에는 나도 한몫했기 때문이었다. 앨리게이터는 엄마를 때릴 때마다 추임새처럼 이렇게 외쳤다.

"네가 날 화나게 하면 결국 난 저 통나무 새끼한테 분풀이할 수밖에 없어!"

놈에게 나는 인질이었다. 꼼짝도 못 하고 똥오줌도 못 가리며 반항조차 못 하는 아주 훌륭한 인질.

4.

내 하루는 단순하고 간단명료했다. 그냥 누워있기 그 이상도 그 이하도 아니었으니까. 중고 아이패드와 유튜브가 없었다면 단순과 간단명료 사이에 '심심함'

도 들어갔을 것이다. 아이패드는 몇 세대 전 제품이었지만 유튜브 시청에는 지장이 없었다. 내가 보는 유튜브 채널은 딱 하나였다. 내셔널지오그래픽. 처음부터 그랬던 건 아니었다. 누워지내게 된 초기만 해도 게임 영상부터 스포츠 영상, 영화 리뷰 영상 등 닥치는 대로 봤다. 물론 그때마다 엄마가 일일이 클릭을 해줬다. 그러던 어느 순간부터 모든 게 미워졌다. 사지 멀쩡히 움직이며 하하 호호 웃는 인간들이 꼴도 보기 싫어졌다. 아니다. 조금 더 솔직히 말하자면 그런 인간을 보며 미치도록 부러워하고 질투하는 나 자신이 한심하고 또 한심해 견딜 수가 없었다. 그러다가 우연히 유튜브의 알 수 없는 알고리즘을 따라 기린이 풀 뜯어 먹는 1시간 35분짜리 내셔널지오그래픽 영상을 보게 되었다. 정말로 그것뿐이었다. 기린이 긴 혀를 내밀어 높은 가지 위에 돋은 초록색 잎을 야무지게 따먹는 모습. 딱 그것만 나왔는데, 그걸 보고 있자니 이상할 정도로 마음이 편했다. 그때부터였다. 내셔널지오그래픽의 자연 다큐멘터리만 보게 된 것은. 악어에 관한 지식도 거기서 얻었다. 나긋나긋한 성우 목소리가 흘러나오며 앨리게이터에 관해 설명해줄 때 나는 바로 이거구나 싶었다. 이 좁은 방 두 개짜리 반지하 셋방에서 왕 노릇을 하며 살아가는 저 불쾌하고 증오스러운 인간은 틀림없이 앨리게이터였다.

물론 앨리게이터를 처치하려 해본 적도 있었다. 놈이 엄마를 처음으로 심하게 때렸을 때였다. 그날 엄마는 내 기저귀를 갈아주고 있었다. 나는 잘 쌌다. 오줌도 잘 쌌고 똥도 잘 쌌다. 변비로 고생하는 다른 전신마비 환자에 비해 나은 상황이라고, 의사는 말했다. 문제는 똥오줌 싸는 걸 내가 못 느낀다는 데 있었다. 그랬기에 기저귀는 필수였는데 이걸 틈틈이 갈아주지 않으면 피부에 금세 염증이 생겼다. 신생아보다 못한 상황이었다. 애들은 기저귀가 찝찝하면 빽빽 울기라도 하는데 나는 살이 짓물러도 알 길이 없었다. 그나마 똥은 워낙 냄새가 고약해 비교적 일찍 알아채곤 했다. 오! 멀쩡한 내 콧구멍 두 개에 축복 있기를.

아무튼 그날은 유독 냄새가 심했다. 기저귀를 갈아주는 엄마도 코를 막았다. 엄마는 능숙한 솜씨로 기저귀를 벗겨내고 물티슈를 이용해 닦은 다음 파우더까지 뿌렸다. 나는 그 순간에도 모로 누워 유튜브를 보고 있었다.

"이왕 돌아누웠으니까 잠시 이대로 있자. 기저귀는 이거 치우고 갈아줄게."

엄마가 말했다. 욕창이 생기지 않으려면 자주 돌아눕는 것도 중요했다.

"알았어."

나는 건성으로 대답했다. 코알라가 나무 타는 영상을 보면서. 그때였다. 성우가 "코알라는 이 나뭇가지에서 저 나뭇가지로 큰 모험을 떠납니다."라고 막 말한 그 순간, 놈의 쌍욕이 날아들었다.

"씨발. 냄새 뭐야?"

혀가 꼬인 걸로 봐서 안방에서 혼자 소주라도 까고 있었던 모양이었다. 그러다가 어슬렁어슬렁 등장한 것 같았다.

"아! 미안해요, 봉주 씨. 이제 다 치웠으니까……."

엄마의 말은 퍽, 소리에 가로막혔다. 나는 깜짝 놀라 몸을 돌리려 했지만 알다시피 그건 불가능한 일이었다.

"으으."

엄마의 가느다란 신음을 듣고 나는 바로 외쳤다.

"엄마. 무슨 일이야?"

"치우긴 뭘 치워. 냄새가 나잖아!"

"아, 알았으니까 말로 해요."

앨리게이터는 엄마의 말을 가볍게 무시했다. 퍽퍽

소리가 이어졌다. 엄마는 참지 못하고 비명을 질렀다. 그게 차가운 피를 달구기라도 한 듯 놈은 아예 엄마를 패대기친 후 잘근잘근 밟았다. 나는 그 모든 상황을 소리로 짐작할 수밖에 없었고 그랬기에 더 미칠 것 같았다. 속에서 분노가 치밀었지만 내가 할 수 있는 일이라곤 그저 욕을 해대는 것뿐이었다. 그것도 엉덩이를 훤히 깐 채로.

"야! 개새끼야. 그만해. 그만하라고!"

놈은 그만하지 않았다. 술 취한 말투로 알아들을 수 없는 소리를 고래고래 지르며 계속 발길질을 했다. 이대로라면 정말 큰일이 날 것 같았다. 나는 유일하게 움직일 수 있는 왼손으로 휴대폰을 집어 들었다. 그러곤 외쳤다.

"경찰에 신고할 거야!"

내 휴대폰 단축번호 1번은 엄마고 2번이 119, 3번이 112였다. 놈이 그걸 알았는지는 모르겠지만 어쨌든 효과는 있었다. 엄마를 짓밟는 묵직하고 둔탁한 소리와 함께 놈의 거친 숨소리도 딱 멈췄다. 잠시 정적이 흐른 뒤 앨리게이터가 흐흐 웃었다. 뭐 이런 걸 가지고 그러냐는 듯이.

"흐흐. 알았어, 알았어. 경찰은 무슨."

놈은 겁을 먹고 순순히 물러나는 듯했다. 꺼억. 크고 고약한 트림을 하면서. 나는 엄마에게 물었다.

"엄마. 괜찮아? 빨리 여기 와봐!"

엄마는 끙끙거리며 내게 다가왔다. 얼굴에 멍이 가득했고 입술도 터져 있었다. 옆구리가 불에 덴 듯 쑤신다고, 엄마는 간신히 말했다. 엄마를 보자 다시 화가 치밀었다. 나는 안방을 향해 목청껏 외쳤다.

"또 이러면 그땐 바로 신고할 거야!"

놈은 대답이 없었다. 겁을 먹었거나 아니면 술에 취해 곯아떨어졌다고 생각했다. 내 예상이 틀렸다는 건 몇 시간 후에 알 수 있었다.

몸에서는 감각이 사라졌지만, 머릿속 예민함은 오히려 더 발달했다. 믿지 못하겠지만, 나는 공기의 흐름이나 변화, 혹은 생명체가 내뿜는 기운을 읽을 수 있었다. 어느 정도인가 하면 엄마가 집에 온다는 느낌을 받으면 정말로 몇 분 안에 현관문이 열렸다. 맹세컨대 발소리를 들어서 아는 건 아니었다. 그냥 감이었다. 딱히 쓸 데는 없는 능력. 나는 그걸 보이지 않는 더듬이라 불렀다.

그런데 그 능력이 나를 살렸다.

난리가 났던 그날 밤이었다. 엄마는 내가 말리고

또 말렸는데도 굳이 안방으로 들어갔다. 다행히 놈의 코 고는 소리만 들렸다. 나는 신경이 곤두서 잠을 못 이루다가 꽤 깊은 밤이 되어서야 눈을 감았다. 그러고 얼마나 잤을까, 더듬이가 작동했다. 신호를 보내왔다. 경고 신호였다. 그럴 리가 없는데도 척추를 타고 소름이 쫙 돋았다. 사악한 기운으로 똘똘 뭉친 무언가가 내 몸을 더듬는 것 같았다. 나는 퍼뜩 깨어났다. 놈이 내 침대 바로 옆에 서 있었다. 방 안은 어두웠지만 나를 노려보는 파충류의 싯누런 눈깔만은 똑똑히 보였다.

"뭐, 뭐야?"

내가 묻자 놈은 히죽 웃었다. 그러고는 말했다.

"진짜 아픔을 못 느끼는구나."

"무슨……"

나는 휴대폰을 들어 조명을 켰다. 그런 뒤 다리 쪽을 비췄다. 근육도 없이 그야말로 장작처럼 말라비틀어진 오른쪽 다리에 무언가가 꽂혀 있었다. 그게 송곳이라는 사실을 알아채기까지는 제법 시간이 걸렸다. 앨리게이터는 나를 노려보며 그 거대한 아가리를 벌렸다.

"다음에 또 끼어들면 아예 다리를 잘라버릴 거다."

진심이었다. 놈은 그러고도 남을 인간, 아니 파충류였다. 나는 아무런 대꾸도 못 한 채 눈만 껌벅였다. 놈이 송곳을 빼 들고는 만족한 듯 웃으며 사라지고 난 뒤에야 한숨을 쉬었다. 송곳이 남긴 상처에서는 붉은색 피가 흘러내렸다. 인정할 수밖에 없었다. 저 악어가 이 둥지에서 가장 힘센 수컷이라는 사실을.

5.

그 사건 이후 나는 놈을 증오하면서도 두려워하게 되었다. 놈이 본격적으로 폭군의 면모를 드러내기 시작한 것도 그때쯤부터였다. 놈은 하루가 멀다고 엄마를 때렸다. 별다른 이유 없이 그랬다. 멸치볶음이 딱딱하다고, 소주가 떨어졌다고, 빨래가 덜 말랐다고, 돈을 못 벌어온다고 때렸다. 그러는 동안 놈은 대체로 취해 있었고 무자비한 폭력을 행사한 후에는 늘어지게 잠을 잤다.

우리 집에서 제일 비싼 물건은 내 침대였다. 거금 200만 원을 주고 산 전동 침대는 내게는 없어서는 안 될 의료 기구였다. 늘 그곳을 벗어나지 못하니 나만의

보금자리라 불러도 좋았다. 다음으로 비싼 게 중고 가전제품 파는 곳에서 산 TV였는데, 놈은 그걸 끼고 살았다. 종일 하는 일이라고는 술을 마시며 TV, 그중에서도 뉴스를 보는 게 다였다. 심지어 밤에도 TV를 못 끄게 했다. 놈은 뉴스를 보면서 실실거리거나 화를 내거나 가끔은 훌쩍이기도 했다. 손바닥만 한 집에 손가락 한 마디만 한 거실이었기에 나 역시 반강제로 빌어먹을 뉴스를 들을 수밖에 없었다. 놈은 특히 사건 사고 뉴스를 좋아했는데 교통사고로 몇 명이 죽었다거나 화재로 또 수십 명의 사상자가 발생했다거나 하는 소식은 내게 고문처럼 다가왔다.

한 번은 이런 일도 있었다.

뭐가 문제였는지 모르겠지만 만 하루 동안 TV가 먹통이었다. 그때 놈은 치통에 시달리는 악어처럼 표정을 구기고서는 좁은 집 안을 미친 듯이 서성였다. TV를 향해 화를 냈다가 애원했다가 아무튼 제정신이 아니었다. 나는 속으로 고소하다고 생각하면서도 엄한 데 불똥이 튀지 않기를 바랐다. 내 우려는 현실이 되었다. 앨리게이터가 내게로 다가온 것이다.

"야, 통나무."

놈이 나를 불렀다. 송곳 사건 이후 놈이 내 옆으로

온 건 처음이었다. 늘 고약한 냄새 때문에 몰골만 봐도 성질이 난다고 먼발치에 서서 투덜거릴 뿐이었다.

나는 눈알만 돌려 놈을 바라봤다.

"어른이 불렀으면 대답을 해야지."

타이르는 듯한 그 말투와 목소리가 소름 끼쳤다. 나는 이놈의 악어가 진짜로 미친 거면 어쩌지 하는 걱정에 여차하면 소리라도 지르려 했다. 하필이면 엄마는 종일 아르바이트 중이었다.

"왜, 왜요?"

기어들어 가는 목소리로 간신히 그렇게 물었다. 동시에 나는 놈이 흉기를 가지고 있는 건 아닌지를 살폈다. 다행히 맨손이었다. 아니, 조금 더 정확히 말하자면 리모컨을 들고 있긴 했다.

"테레비가 안 나와서 내가 진짜 돌아가시겠거든. 난 심심한 걸 조금도 못 참아. 알지?"

"네."

그딴 건 내 알 바 아니었지만 일단 순순히 대답했다.

"그래서 말인데, 내 이야기 좀 들어줄래? 뭐, 듣기 싫다고 네가 피하거나 그럴 순 없겠지만. 그 귓구멍을 막을 수도 없을 테고. 흐흐."

놈은 재치 있는 농담이라도 했다는 듯 웃었다. 나

도 마주 웃어주고 싶었지만 내 미소는 뭉개진 오토바이와 함께 사라진 지 오래였다. 내가 무표정하게 바라봐도 앨리게이터는 딱히 개의치 않는 듯했다. 하긴, 놈은 타인의 반응 같은 걸 신경 쓰는 스타일은 아니지. 모든 악당이 그렇듯이.

"처음 사람을 죽여본 건 고등학교 2학년 때였어."

"뭐?"

나는 놈의 눈빛과 얼굴을 살폈다. 농담하는 것 같지는 않았다. 거짓말도 아니었다. 놈은 전에 없이 담담하고 멀쩡한 표정, 게다가 술에 취하지도 않은 상태로 말하는 중이었다. 희미하게 웃자 앨리게이터의 누렇고 뾰족한 가짜 이빨이 드러났다. 놈은 말을 이어갔다.

"내가 좋아하던 여자애였거든. 피부도 하얗고 고왔단 말이지. 그런데 이 여자애가 내 마음을 몰라주는 거야. 정식으로 고백해야겠다 싶어서 하굣길에 걔를 따라갔지. 둘이서 둑길을 걸으면서 이런저런 이야기를 하다가 내가 좋아한다고 말했어. 어떻게 됐을까, 응? 그 여자애가 벌레 씹은 표정으로 날 보더니 피식 웃는 거야. 네 주제에 감히 날, 뭐 이런 뜻이었겠지. 정확히 무슨 생각으로 그런 표정을 지었는지는 몰라. 정신을 차렸을 땐 난 손에 돌멩이를 들고 있었고 그 여자애는 얼굴이 뭉개진 채로 쓰러져 있었으니까. 나는 이미 죽은 개를 저수지에 버렸어. 그러고는 몇 날 며칠 경찰에 잡혀갈까 봐 맘을 졸였는데 웬걸, 그냥 가출로 처리된 거야! 그때 알게 된 사실이 두 개 있지. 뭘까?"

나는 대답하지 않았다. 놈은 상관없다는 듯 계속 떠들었다.

"하나는 살인이라는 게 의외로 쉽다는 사실. 또 하나는 어떤 경우에는 죽이는 게 최선의 해결책이 된다는 사실. 걔를 죽이고 나서는 짝사랑하느라 끙끙대지 않게 되었거든. 그때 이후로 난 필요할 때마다 사람을 죽였어. 때로는 일 년에 한두 번, 때로는 몇 년에 한 번 정도였어. 돈이 필요해서 죽인 적도 있고, 내 심기를 건드려서 죽인 적도 있지. 뭐든 그렇겠지만 살인이라는 건 말이지, 하면 할수록 실력도 늘고 요령도 생기거든. 그래서 난 지금껏 잡히지 않았지. 근데 이게 참 웃기게도 실력에 비례해서 자만심도 는다니까. 잡히지 않을 거란 자신감에 내가 실수를 하고 말았어. 몇 달 전 일이야. 술집 아가씨 한 명을 죽였는데 그 집에 홈 캠인지 뭔지가 있었다는 걸 나중에 안 거야. 결국 난 모든 걸 버리고 도망칠 수밖에 없었어. 재수 없게 잡혔다간 이전 사건까지 다 까발려질 테고 그러면 난 여생을 창살 안에서 보내게 될 거니까. 이 늙은 몸으로 차가운 시멘트 바닥에서 잔다고 생각해봐, 끔찍하지 않나?"

"그래서 우리 집에 숨어든 거야?"

목소리가 떨리지 않길 바라면서 나는 물었다.

"그래. 열악한 환경이기는 해도 여기라면 안전할 거라 생각했어. 처지가 딱한 것들은 악어가 득실거리는 강가에서 물을 마시는 초식동물처럼 늘 겁에 질려 있으니까 내 말을 거역할 엄두도 못 낼 거라 짐작했지. 물론 내 짐작은 맞았고. 흐흐."

"엄마한테도 이 이야기를 했어?"

"아니. 그 답답한 여자는 아직도 내가 사업에 실패해 낙심한 중늙은이라고만 알고 있지."

"그런데 왜 나한테는……."

"말했잖아. 심심하다고."

"거, 거짓말이지?"

놈은 대답 대신 나를 보고 벙긋 웃었다. 그 웃음은 많은 걸 말해줬다. 보이지 않는 더듬이가 미친 듯이 작동하며 신호를 보내왔다.

이 살인마에게서 도망쳐!

불행하게도, 내가 할 수 없는 일이 바로 그거였다.

"자, 살가운 대화는 이쯤에서 그만할까? 말 안 해도 알겠지만 내가 들려준 이야기는 비밀이야. 넌 비밀을 지킬 수밖에 없는 처지라 주절주절 털어놓은 거야. 그럴 리야 없겠지만 만약 경찰에 신고라도 한다면 내가 기꺼이 보여주지. 이 리모컨으로도 사람 한 명쯤은 거뜬히 죽일 수 있다는걸. 흐흐."

놈은 내 눈앞에서 리모컨을 흔들어대더니 곧 거실로 나갔다. 어슬렁거리며. 놈은 진짜였다. 무자비하고 잔인한 진짜, 포식자.

6.

본격적인 여름이 되면서 우리 집 상황은 최악으로 치달았다. 반지하는 지독하게 더웠다. 찜통이 따로 없었다. 낮 동안 고인 열기는 밤이 되어도 빠져나가지 않았다. 하나뿐인 선풍기는 놈의 차지였다. 밤낮없이 창문을 열어두었지만 그래도 더웠다.

"이 땀띠를 어떻게 해?"

엄마는 하루에도 몇 번씩 내 옷을 갈아입혔다. 빌어먹을 몸뚱어리는 감각은 없어도 땀은 무지하게 흘렸다. 아무리 비싼 침대라 해도 냉각 기능 같은 건 없었고, 당연히 옷도 갈아입혀 주지 않았다. 모든 건 엄마 몫이었다. 근육은 하나 없고 지방만 잔뜩 늘어난 뻣뻣한 몸을 이리저리 돌아 눕히며 옷을 갈아입힌다는 건 보통 일이 아니었다. 엄마는 한 번 그렇게 하고 나면 땀을 비 오듯 흘렸다. 그런데도 짓무르는 살과 매일 깊어지는 욕창과 돋아나는 땀띠를 그대로 둘 수는 없었다.

"빨리 저녁이나 차려!"

그날도 놈의 불호령이 떨어졌다. 엄마가 젖은 수건으로 내 등을 닦아주고 있을 때였다.

"알았어요, 봉주 씨. 금방 가요."

엄마가 다급하게 외쳤다.

"난 됐으니까, 빨리 저 새끼 밥부터 차려줘."

엄마는 고개를 끄덕이고는 내 손을 꼭 잡았다. 그러고는 속삭였다.

"엄마가 돈을 좀 모았어. 리모컨으로 돌아가는 선풍기 사줄 테니까 좀만 참아."

전단 돌리고 받는 일당을 엄마는 놈에게 고스란히 가져다 바쳤다. 놈은 그런 엄마에게 점심값이라며 맨날 2000원을 줬다. 김밥 한 줄 겨우 사 먹을 돈이었다. 엄마가 몇만 원짜리 선풍기를 산다는 건 그 액수만큼 점심을 굶었다는 뜻이었다.

"그것보다……."

엄마는 내 말을 다 듣지도 않고 거실로 달려 나갔다. 그때는 몰랐다. 엄마도, 그리고 나도. 선풍기가 끔찍한 사건을 불러올 줄은.

7.

전신마비 판정을 받고 내가 제일 먼저 한 일은, 아니 하려고 마음먹은 일은 자살이었다. 하지만 왼팔만 조금 움직이는 상황에서는 시도조차 할 수 없었다. 겨우 90도 정도 구부리는 게 다인데 이래서는 입가에 흐르는 침도 닦기 힘들었다. 휴대폰이나 아이패드를 들어 올리기까지 재활하는 데에도 제법 오랜 시간이 필요했다. 그리고 그때쯤에는 병원에서 나와야 했다.

"이 손으로 내 목을 졸라 자살하려면 얼마나 단련해야 할까요?"

내가 묻자 의사는 딱히 놀라지도 않고 대답했다.

"그게 가능하다면 전 기적이라 부르겠습니다."

"그 정도인가요?"

"물리치료용 공 있죠? 그거 꽉 쥐었다 폈다 열심히 하세요. 그럼 혹시 압니까? 왼손으로 뭔가를 할 수 있을지. 죽는 거 말고요. 사는 쪽으로."

죽는 쪽이든 사는 쪽이든 공을 매일 만지작거리기는 했다. 덕분인지 왼손 악력은 꽤 돌아왔다. 그뿐이었다. 여전히 내 목을 조를 정도는 아니었고, 또한 여전히 나는 죽고 싶었다. 그것만이 유일한 해결책이라는 생각에는 변함이 없었다. 내가 뻔뻔하게 살아 있을수록 엄마는 불행해졌다. 나도 마찬가지였다. 눈만 껌벅이고, 왼손만 움직이고, 먹고, 자고, 싼다고 해서 살아 있는 건 아니었다. 설령 오래 산다고 해도 가느다란 팔다리에 욕창으로 뒤덮인 괴물이 될 것이다. 악취를 풀풀 풍기는 괴물.

통증은 감각이 사라진 내 몸 구석구석을 돌아다녔다. 어떤 때는 칼로 찌르는 것 같고 또 어떤 때는 불로 지지는 것 같았다. 몽둥이로 맞는 것처럼 아픈 순간도 종종 있었다. 죄다 환상통이었다. 나는 신경이 아니라 뇌가 고통을 기억하고 재현해 낸다는 사실에 큰 충격을 받았다. 환상통이 찾아올 때면 속절없이 앓을 수밖에 없었다.

그다음으로 고통스러운 건 가려움이었다. 나무껍질이나 다름없는 피부가 그렇게 가려웠다. 참을 수 없을 때는 엄마에게 긁어달라고 하는데, 당연한 말이지만 소용없었다. 가려움 역시 빌어먹을 머릿속에서 만들어내는 일종의 환상이었다.

나는 거의 매일 꿈을 꿨다. 사지가 썩어 냄새를 풀풀 풍기는데 나는 여전히 살아 있는, 끔찍한 악몽이었다. 바닷가 바위에 붙은 따개비처럼 욕창이 내 온몸을 뒤덮은 꿈도 자주 꿨다. 그랬는데 놈이 우리 집에 둥지를 틀고 나서는 악몽의 양상도 바뀌었다. 서걱서걱 소리에 눈을 뜨면 놈이 내 다리를 자르고 있다. 놈은 피범벅을 한 채 한때는 내 몸에 붙어있었던 발목이나 발가락 같은 걸 들어 보인다. 그러면서 흐흐 웃는다. 나는 그 악몽을 꿀 때마다 매번 놀라서 깼다. 분명 잠에서 깬 상태인데도 가위에 눌린 듯 몸을 움직일 수 없으니 그 또한 무서웠다. 게다가 날이 밝기 전까지는 팔다리가 멀쩡한지 확인할 방법도 없었다. 나는 진심으로 죽고 싶었지만, 앨리게이터의 놀잇감이 되는 건 사양이었다. 살인마의 즐거움을 위해 희생하고 싶지도 않았다. 하지만…… 언젠가는 그 일이 현실이 될 것 같다는 불안감을 지울 수 없었다. 내가 믿을 건 보이지 않는 더듬이뿐이었다.

8.

 엄마가 새 선풍기를 사 왔다. 더위가 연일 맹위를 떨치던 어느 날이었다. 높은 거실에서 TV를 보다가 잠들었는지 앵커 목소리 사이로 코 고는 소리가 요란하게 들렸다. 엄마는 선풍기 박스를 들고 살금살금 들어왔다.
 "이거야, 이거. 마트에서 산 신상품이야."
 소곤소곤 말하는 엄마를 향해 나는 퉁명스레 한마디를 던졌다.
 "진짜로 사 오면 어떻게 해."
 "너 선풍기 필요하잖아."
 "여름 금방 지나가."
 "그럼 어때. 내년 여름에도 쓰고, 내후년 여름에도 쓰면 되지."
 엄마는 그렇게 말하며 웃었다. 내년에도, 내후년에도 이런 고생 정도는 얼마든지 할 수 있다는 듯 말갛게 웃었다. 나는 멍하니 천장만 올려다봤다. 내년은 끔찍했고, 내후년은 무서울 정도였다. 그 아득한 시간을 침대에 누워 버텨내야 한다니…….

이내 시원한 바람이 불어왔다. 엄마는 아이처럼 좋아했다.

"이것 좀 봐. 리모컨 하나로 다 조종할 수 있어."

선풍기는 소리도 없이 돌아갔다. 과연 신상품다웠다. 흰색 외관도 무척 깔끔하고 예뻤다. 엄마가 선풍기를 보며 어찌나 환하게 웃는지 나도 모르게 미소가 번졌다.

"고마워, 엄마."

나는 원래도 그리 살가운 아들이 아니었고 이제는 몸도 마음도 딱딱해졌지만 고맙다는 말만은 꼭 하고 싶었다.

"고맙긴. 엄마가 돈 많이 벌 테니까 우리 아들 힘내. 물리치료도 받고, 약물치료도 하고 그러면……"

"염병하고 있네."

갑자기 들려온 그 소리에 엄마도 나도 움찔 놀랐다. 어느새 일어났는지 놈이 문간에 서 있었다. 아직 술이 덜 깬 듯 목덜미가 벌겋게 달아오른 상태로 놈은 우리를 노려봤다. 놈의 시선은 곧 새 선풍기로 향했다. 엄마는 서둘러 입을 열었다.

"봉주 씨. 내 말 좀 들어봐요. 이거……."
"선풍기 있는데 왜 또 사? 돈이 썩어나?"

놈의 말투가 거칠어졌다. 엄마는 안절부절못하며 선풍기와 나, 그리고 놈을 번갈아 봤다.

"우리 애가 더위를 많이 타서 하나 샀어요. 별로 안 비싸요."

"당장 환불해. 그러고 그 돈 나한테 가져오고. 알았어?"

"봉주 씨……."

"이 년이 오늘따라 왜 토를 달고 이래? 미쳤어? 빨리 환불해 오라고!"

놈이 목소리를 높였다. 날 선 기운이 싸하게 방 안을 맴돌았다. 평소라면 이쯤에서, 아니 놈의 첫 으름장에 엄마는 백기를 들었을 것이다. 지금은 그러지 않았다. 주먹을 꽉 쥔 채 버티고 서서는 또박또박 말했다.

"안 돼요."

"뭐?"

놈은 어처구니가 없다는 듯 엄마를 봤다. 눈빛이 번들거렸다. 위험하다! 나는 직감했다. 그저 뺨 몇 대 때리거나 주먹질 몇 번으로 끝낼 기세가 아니었다.

"엄마. 그냥 시키는 대로 해. 나 선풍기 필요 없어."

내 말에도 엄마는 고개를 저었다. 입술을 꽉 깨문 옆모습이 보였다. 엄마가 그렇게 단호한 표정을 짓는 건 처음이었다.

"이게 감히 어디서 사람을 노려봐? 눈 안 깔아?"

악어는 딱히 소리를 내지 않는 짐승이었지만, 놈은 한껏 으르렁거렸다. 금방이라도 엄마를 공격할 것 같았다. 아니나 다를까 놈이 성큼성큼 걸어와 엄마의 머리채를 잡았다.

"엄마!"

엄마는 미안하다고 사과하지도 않았고 비명을 지르지도 않았다. 대신에 앨리게이터의 양팔을 꽉 잡고 버텼다. 엄마의 기세에 놀랐는지 놈도 주춤했다.

"진짜로 뭘 잘못 처먹었나!"

놈은 씩씩거리며 오른팔을 빼내더니 그대로 엄마를 향해 휘둘렀다.

퍽!

다시 퍽!

놈의 두 번째 공격에 엄마는 끝내 무릎을 꿇었다. 그러면서도 다리를 붙잡고 늘어지는 건 잊지 않았다. 놈은 허, 하며 허공을 한 번 보더니 어금니를 깨물었다. 그때부터 놈의 무자비한 폭력이 시작됐다. 때리고,

밟고, 걷어찼다. 엄마는 한 마리 거북이처럼 몸을 웅크린 채 주먹질과 발길질을 묵묵히 견뎌냈다.

"그만 해요! 제발 그만하라고!"

내가 아무리 소리 질러도 놈은 귓등으로도 듣지 않았다. 어차피 신고고 뭐고 못 할 거라는 걸 알고 있었다. 그랬다. 내가 할 수 있는 거라고는 왼손을 꽉 쥐는 것뿐이었다. 그 사이 방바닥에는 엄마가 흘린 피가 낭자했다. 놈이 엄마 배를 걷어차려다가 그 피를 밟고 휘청했다. 그러면서 여태 소리 없이 돌아가고 있던 새 선풍기를 차버렸다. 선풍기는 넘어질 때만은 요란한 소리를 냈다.

그때였다.

"뭐 하는 거야!"

엄마가 방 안이 떠나갈 듯 소리를 지르더니 그야말로 벌떡 일어났다. 엄마는 증오에 찬 눈빛으로 놈을 노려봤다. 잠시 주춤했던 놈이 엄마보다 더 크게 외쳤다.

"너 오늘 내가 진짜 죽인다!"

나는 놈이 그럴 수 있다는 걸 알았다. 대장 앨리게이터는 자기를 거역하는 건 모두 물어 죽이니까. 게다가 놈은 이미 여러 차례 살인의 맛을 본 살인마였다.

"엄마 피해!"

엄마는 내 말을 알아들었는지 곧장 거실로 달려 나갔다.

"야! 어딜 도망······."

놈이 그렇게 외치며 바로 따라 나가려 했을 때였다. 엄마가 다시 돌아왔다. 양손으로 부엌칼을 꼭 쥔 채로. 부들부들 떨고는 있었지만 엄마의 의지는 확고해 보였다. 엄마는 놈에게 칼을 들이대며 소리쳤다.

"나가! 우리 집에서 당장 나가!"

놈은 그런 엄마를 보며 실실 웃었다.

"어쭈? 밟았더니 꿈틀하는 거야, 뭐야? 칼 내려놔. 어서!"

"애초에 널 들이는 게 아니었어. 이젠 안 참을 거야. 칼로 확 그어버리기 전에 나가!"

엄마 입에서는 피가 흘러내렸다. 시퍼렇게 멍들고 부은 눈은 왼쪽이 거의 감긴 상태였다. 그래도 엄마의 목소리는 퍼런 칼날만큼이나 날카로웠다. 그제야 놈도 웃기를 멈췄다. 놈의 표정이 싸늘하게 변했다.

"긋는다고? 너 칼은 쓸 줄 아냐?"

놈이 물었다.

"왜? 내가 못 할 것 같아?"

엄마는 허공에 칼을 휘둘렀다. 호시탐탐 기회를 엿

보고 있던 놈이 그 순간을 놓칠 리 없었다. 놈은 먹잇감을 공격하는 악어처럼 엄마에게 달려들었다. 그러고는 한 손으로는 엄마의 팔을 잡고, 나머지 손으로 목을 조르며 그대로 내동댕이쳤다.

"악!"

비명과 함께 엄마가 나동그라졌다. 부엌칼도 놓쳤다. 놈이 엄마를 올라타더니 목을 조르기 시작했다. 놈의 이마를 타고 땀이 뚝뚝 떨어졌다. 팔뚝에 돋아난 힘줄도 똑똑히 보였다. 놈은 엄마를 죽일 셈이었다. 확실했다. 보이지 않는 더듬이가 아니고라도 놈의 광기 어린 눈빛만 봐도 알 수 있었다.

"안 돼!"

소리는 쳤지만 할 수 있는 건 그것뿐이었다. 그때 왼손에 뭔가가 닿았다. 휴대폰이었다. 나는 그걸 들어 제발 빗나가지 않기를 바라며 놈에게 던졌다. 큼지막한 구형 휴대폰은 놈의 머리를 정확히 때렸다. 순간, 놈의 짐승 같은 눈빛이 내게로 향했다.

"그래. 저 새끼부터 죽여야지. 흐흐."

놈은 내게로 다가왔다. 나는 그 모습을 멍하니 바라볼 수밖에 없었다. 물론 최소한의 반항을 하기는 했다.

"오지 마! 오지 마!"

왼손으로 아이패드를 휘둘렀지만, 그건 마치 땀 흘리는 놈에게 부채질을 해주는 것처럼 보였다. 놈은 아이패드를 빼앗아 바닥에 던져 버린 뒤, 내 목을 졸랐다. 미친 듯이 웃으면서.

"야! 잘 보라고. 이 통나무 새끼부터 죽이고 너도 천천히 죽여줄 테니까. 흐흐흐."

숨이 막혀왔다. 나는 꼼짝도 못 하고 꺽꺽 소리만 냈다. 눈알이 튀어나올 것 같았다. 반대로 놈의 눈은 깊이 파묻혀 번들거리고 있었다. 그걸 보며 깨달았다. 가까이서 본 놈의 눈동자는 검은자위가 유독 세로로 길쭉했다. 그야말로 파충류의 눈이었다. 놈은 길고 두툼한 혀를 날름거리며 말했다.

"처음 볼 때부터 널 죽이고 싶었어."

시야가 흐릿해졌다. 오토바이 사고에서 간발의 차로 나를 놓쳤던 죽음이 이제는 앨리게이터의 몸을 빌려 성공을 눈앞에 두고 있었다. 나는 끝내 죽을 운명이었고⋯⋯.

"안 돼!"

엄마 목소리가 들린 건 바로 그때였다. 내가 모든 걸 포기한 그 순간. 동시에 놈이 얼굴을 찡그리며 신음을 쏟아냈다.

"윽!"

놈은 비틀거리며 내게서 멀어졌다. 나는 놈의 옆구리에 꽂힌 부엌칼을 발견했다. 칼날이 반밖에 보이지 않을 정도로 깊이 들어가 있었다. 엄마는 두려움과 분노가 뒤섞인 얼굴을 한 채 주춤주춤 물러났다. 그러면서 중얼거렸다.

"내, 내가 말했지? 당장 나가라고. 그랬으면……."

"닥쳐!"

분명히 치명상을 입었는데도 놈의 위세는 꺾이지 않았다. 놈은 옆구리에서 칼을 빼냈다. 시뻘건 피가 후드득 떨어져 내렸다. 그 상태 그대로 놈이 엄마에게 다가갔다. 엄마는 털썩 주저앉았다. 모든 힘을 다 써버린 듯 그저 오들오들 떨 뿐이었다.

"엄마……."

당장 도망치라고 외치고 싶은데 목소리가 나오지 않았다. 나는 무기력했다. 아무것도 못 하고 그저 지켜만 보는 것. 그게 통나무의 운명이었다.

놈이 엄마의 머리를 쥐고 뒤로 젖혔다. 그러고는 그대로 칼을 찔러넣었다. 목을 찔린 엄마는 신음도 흘리지 못했다. 눈을 크게 뜨고 나를 바라볼 뿐이었다. 놈은 그래도 분이 풀리지 않는 듯 몇 번 더 칼을 휘둘렀다. 광기와 분노에 찬 공격은 엄마가 모로 쓰러지고서야 멈췄다. 엄마는 피 웅덩이 속에서 버르적거렸다.

"건방진 년."

놈은 중얼거리며 돌아섰다. 얼굴이 온통 피범벅이었다. 그 몰골은 흉측했지만 놈의 상태도 그리 좋아 보이지는 않았다. 치명상을 입은 앨리게이터는 선 채로 비틀거렸다. 하지만 놈과 나 사이는 고작 두어 걸음 간격이었다. 내게 다가와 칼을 박아넣으려면 분명히 그럴 수 있었다. 놈은 그럴 작정이었다. 실제로 칼을 치켜들고 한 발을 움직였으니까. 그 순간이었다. 엄마가 몸을 날려 놈의 다리를 붙잡았다.

"어어!"

기우뚱하던 놈이 핏물을 밟고 넘어졌다. 쿵, 하는 소리와 함께 모든 게 멈췄다. 엄마도, 놈도 움직이지 않았다. 물론 나도. 나는 움직일 수 없다는 게 더 정확한 표현이긴 했지만.

머릿속이 빙글빙글 돌았다. 뇌를 세탁기에 넣고 돌리는 느낌이었다. 어지러웠고, 잠이 쏟아졌다. 나도 모르게 눈이 감겼고, 그대로 정신을 잃었다.

9.

눈을 떴다. 얼마나 시간이 흘렀는지 알 수 없었지만 깊은 밤이나 새벽인 것 같았다. 열어놓은 창문으로 제법 서늘한 바람이 불어 들어왔다. 방 안은 어둠에 휩싸여 있었다. 쓰러진 엄마가 보였다.

"엄마."

목소리를 쥐어 짜내 불러봤지만 엄마는 대답이 없었다. 슬픔이 밀려왔다. 그 뜨거운 슬픔에 온전히 젖기도 전에 나는 뭔가 이상하다는 걸 눈치챘다.

놈이 사라지고 없었다.

분명 엄마 앞에 엎어져 있어야 할 놈이 보이지 않았다. 설마 살아서 도망치기라도 한 걸까? 그럴 리 없었다. 놈이 쓰러져 있던 자리는 검붉은 피가 웅덩이를 이룬 상태였다. 저렇게 피를 흘리고도 살아남는 건 불가능하다. 적어도 인간이라면…….

"깼나?"

어둠 속에서 놈의 목소리가 들렸다.

"어디야? 어디 있어?"

내 시야에는 놈의 모습이 들어오지 않았다.

"꼴이 우습게 됐어."

놈은 그렇게 말하며 흐흐 웃었다. 생명의 기운이 다 빠져나가 껍데기만 남은 듯한 목소리였다. 그럼에도 그 안에 말라붙은 악의는 충분히 느낄 수 있었다.

"당신 때문이야! 이 모든 게 다 당신 때문에……."

목이 메었다. 울음이 터지려는 걸 간신히 참았다. 수십 가지 감정이 소용돌이쳤다. 슬픈지, 화가 나는지, 고통스러운지 알 수가 없었다. 다만 한 가지는 확실했다. 나는 두려웠다. 소용돌이의 중앙에는 시커멓고 빠르게 회전하는, 그리하여 점점 더 영역을 넓혀가는 두려움이 도사리고 있었다. 그것은 놈에 대한 두려움은 아니었다. 죽음에 대한 것도 아니었다. 앨리게이터가 늪에서 튀어나와 내 숨통을 끊어주는 것이야말로 바라는 일이었다. 나는 이 피비린내 진동하는 방에서 몇 날 며칠 혼자 살아있어야 할까 봐 두려웠다. 그 며칠이 지옥일 거라는데 나는 남은 왼팔을 걸 수도 있었다.

"네가 뭘 원하는지 나는 알아."

놈이 말했다. 발음이 부정확했다. 죽어가기 때문인지 틀니가 빠졌기 때문인지 알 수 없었다. 어쩌면 둘 다 일지도.

"죽여줘."

그건 내가 놈에게 처음이자 마지막으로 하는 부탁

이었다.

"싫다."

당연하게도, 그런 대답이 돌아왔다. 놈은 말을 이었다.

"내가 그런 자비를 베풀어 줄 이유가 없지. 흐흐."

"개새끼."

"지켜보겠어."

"뭐?"

"네가 죽어서 썩어가는 모습을 귀신이 되어서도 지켜보겠다고."

"미친놈."

목소리가 떨렸다. 어쩔 수 없었다.

"넌…… 아주 고통스럽게…… 죽을…….''

놈은 말을 끝내지 못했다. 마지막 몇 단어는 뭉개지고 흩어져 어둠 속으로 사라졌다. 더불어 어둠보다 더 촘촘한 침묵이 찾아왔다. 그렇다고 모든 소리가 사라진 건 아니었다. 놈이 켜 둔 TV에서는 계속 뉴스가 흘러나왔고, 새 선풍기 역시 넘어진 상태에서도 여전히 돌아갔다. 오직 놈의 숨소리만 들리지 않았다.

"야! 야!"

아무리 불러도 대답은 돌아오지 않았다. 죽은 것

이다. 나만 두고 엄마도, 놈도 죽었다. 둘 다 나보다 오래 살 거라 생각했는데…… 내가 제일 먼저 죽고 싶었는데……. 딱히 눈물이 나지는 않았다. 그딴 건 옛날에 말라버렸다. 슬픔의 파도가 방파제를 넘지 않는 선에서 잔잔히 밀려왔다가 또 밀려갔다. 대신에 맥박이 뛸 때마다 분노가 치밀었다. 마음 같아서는 미친 듯이 소리치며 다 때려 부수고 싶었다. 벌떡 일어나 달리고 싶었다. 사바나 초원의 치타처럼 혼신의 힘을 다해 질주한 뒤 헉헉 숨을 몰아쉬고 싶었다. 그래야 화가 풀릴 것 같았다. 하지만 그럴 수 없었고, 그랬기에 분노는 사그라지지 않고 점점 몸피를 불려갔다. 이러다가는 분노가 내 딱딱한 몸을 뚫고 넘실넘실 새어 나올 것 같았다. 뭐, 그것도 나쁘지 않은 일이겠지. 빨리 죽을 수만 있다면.

언젠가 관 속에 갇힌 주인공이 등장하는 영화를 봤다. 그때는 모든 게 멀쩡했다. 내게는 잘 움직이는 두 다리와 아침마다 불끈불끈 서는 고추와 노력만 하면 뭐든 해낼 거라는 막연한 자신감이 있었다. 게다가 무려 애인도 있었다. 영화 역시 애인과 봤다.

"자기라면 어땠을 것 같아?"

영화를 다 본 후 애인이 물었다.

"뭐가?"

"아니, 저렇게 좁은 데 갇히면 어떨 것 같으냐고. 난 폐소공포증 있어서 보는 내내 힘들었거든."

"나야 어떻게 해서든 살 방법을 찾았겠지."

나는 그렇게 말하며 웃었다. 허세였다. 보기 힘들었던 건 나도 마찬가지였다. 그때는 허세로 살아가던 시절이었다. 배달 오토바이 뒤에 애인을 태우고 달리면서도 몇 년 안에 쌔끈한 스포츠카를 타게 해주겠노라 약속하던 때였다. 엄마에게도 늘 말했다. 빚 다 갚고 이딴 반지하에서 탈출해 복층 아파트에서 살자고. 어렴풋하게나마 희망이 존재했다, 그때는. 사고 이후 애인과는 연락이 끊겼다. 차라리 잘된 일이라고 나는 생각했다. 한 가지는 아쉬웠다. 관 속에 갇힌 느낌이 어떤 건지 자세히 설명해줄 수 있었을 텐데…….

그러고 보니 영화 속 주인공은 어떻게 탈출했지? 지금은 이상할 정도로 결말이 생각나지 않는다. 그것 말고도 잊은 게 많지만 지금은 그 영화 속 주인공의 생사가 궁금했다. 아마 살았겠지. 그래도 주인공이니까. 그렇다면 나는 어떨까?

나는 죽을 것이다.

그건 확실한 사실이었다.

10.

 까무룩 잠들었다가 깨어나 보니 한낮이었다. 종일 어두컴컴한 이 방에도 아주 잠깐 해가 들 때가 있는데 그게 정오 무렵이었다. 창문으로 비쳐 들어온 햇빛은 바닥에 창살 모양 그림자를 남겼다. 엄마가 쓰러져 있는 곳이 딱 그 자리였다. 놈은 여전히 보이지 않았다. 어디 구석에라도 처박혀 죽었나 보다. 대부분의 포식자는 죽음을 앞두고 무리를 떠나 홀로 최후를 맞이한다. 앨리게이터라고 해서 다르지 않을 것이다.

 TV는 여전히 뉴스를 쏟아내고, 선풍기 역시 천장을 향해 헛된 바람을 불어넣고 있었다. 나는 선풍기 옆에서 뒹굴고 있는 휴대폰을 바라봤다. 저게 내 손에 있었다면 상황이 달라졌을까? 경찰이 집 안을 샅샅이 수색하는 동안 나는 편안한 병원 침대에 누워 안정을 취할 수 있었을까? 나는 눈을 감았다 떴다. 쓸데없는 가정은 다가올 괴로움을 키울 뿐이다. 사고 이후 나는 수많은 가정과 공상과 망상으로 자신을 괴롭혔다. 그날 배달을 나가지 않았다면, 다른 길을 선택했다면, 신호를 지켰다면……. 그런 생각의 마지막에 남는 건 결국 후회와 분노뿐이었다. 어떠한 가정도 현실을 바꿀 수는 없었으니까.

"자, 이제 어떻게 하지?"

일부러 소리를 내 중얼거렸다. 간신히 목소리는 나왔다. 도와 달라고 소리칠 수는 있을 것 같았다. 문제는 이 다세대주택이 후미진 뒷골목에 서 있다는 사실이었다. 이쪽 골목으로는 지나다니는 사람이 거의 없었다. 엄마와 나는 그래서 오히려 좋다고도 이야기했다. 반지하에 살면서도 마음 놓고 창문을 열어놓을 수 있으니 다행이라고.

"도와주세요!"

일단 온 힘을 다해 외쳐봤다. 내 목소리는 밖으로 뻗어나가지 못하고 천장에 부딪혀 메아리쳤다.

"살려주세요!"

다시 시도했지만 마찬가지였다. 겨우 두 번 소리를 질렀는데도 기운이 빠졌다. 방 안은 이미 후끈한 열기로 가득했고 이마에도 땀이 맺혔다. 야옹. 어딘가에서 고양이 울음이 들려왔다. 이 뒷골목은 고양이가 장악하고 있었다. 종종 거친 싸움이 펼쳐지기도 했다. 그럴 때면 앙칼진 울음이 골목을 가득 메웠는데 앨리게이터는 그 소리가 싫다며 늘 욕을 쏟아냈다. 아무튼, 고양이는 몇 번 더 울더니 그대로 사라졌다. 흥미를 잃은 모양이었다.

얼마나 더 버틸 수 있을지 계산해봤다. 사막에서 길을 잃은 한 남자는 무려 보름 동안 아무것도 먹지 않고도 살아남았다. 물론 완전히 아무것도 안 먹은 건 아니다. 그 남자는 맨손으로 선인장을 뜯어 수분을 섭취했다. 덕분에 손은 물론이고 입 주위까지 호저처럼 변했다며, 이제는 건강을 되찾아 환하게 웃는 남자의 모습을 다큐멘터리로 봤다. 그러니까 물만 있으면 보름 정도는 산다는 뜻인데 불행히도, 혹은 다행스럽게도 나는 물조차 마실 수 없다. 이 더위에 그대로 방치된다면 굶어 죽는 것보다 탈수로 먼저 죽겠지. 혹 끈질기게 며칠 더 버틴다 해도 욕창과 물집과 땀띠로 몸통 전체가 썩어서 결국 죽을 것이다. 어쨌든 나는 곧 죽을 운명이었다. 내게는 선택할 권한이 없었다. 죽음이 던지는 주사위를 바라만 보는 수밖에.

"살려주세요!"

기습적으로 다시 소리쳤다. 민망할 정도로 아무런 반응이 없었다. 고양이조차 울지 않았다. 젠장. 너무 허탈하고 서글퍼서 웃음이 나왔다. 하하하. 미친놈처럼 웃고 나니 죽기 전에 차라리 돌아버리는 게 낫겠다 싶었다. 하지만 내 정신은 너무나 말짱했다. 알지 않는

가? 자려고 노력할수록 말똥해지는 의식처럼 운명은 늘 우리의 바람과는 반대로 작용한다는 사실을.

11.

부스럭거리는 소리에 깼다. 밤이었다. 열대야라 그런지 밤공기마저 후텁지근했다. 습도 역시 높았다. 한바탕 비가 쏟아질지도 모르겠다고 생각했다. 그러면 이 지독한 더위는 잠시 물러가겠지.

또 무언가가 부스럭거리며 움직였다. 크지는 않지만 그렇다고 해서 무시할 만한 소리는 아니었다. 묘하게 신경을 자극했다. 가만히 귀를 기울이니 그 부스럭거림은 발치 쪽에서 나는 것 같았다. 거긴 내 시야가 닿지 않는 곳이었다. 그래서 더 찜찜했다. 이번에도 보이지 않는 더듬이가 경고를 보내왔다. 더듬이는 아는 것 같았다. 소리를 내는 녀석의 정체를.

잠시 후 다시 잠잠해졌다. 나는 눈을 감았다. 맨정신으로 깨어 있는 동안에는 시간이 참 더디게 흘러갔다. 새삼 태블릿이, 유튜브가, 내셔널지오그래픽이 그리웠다. 백상아리와 범고래가 싸우면 누가 이기는지 그 결과를 확인해야 하는데……. 그나마 눈을 감고 설핏 선잠에라도 들면 시간이 금세 지나갔다. 이런 게 상대성이론이 아닌가 싶었지만 물어볼 사람도, 자랑할 사람도 없었다. 좌우지간 멍하니 눈을 뜬 채 천장을 수놓은 푸른곰팡이를 감상하는 건 지독하게 심심한 일이었다. 차라리 눈을 감고 잠을 청하는 게 나았다.

몇 시간을 더 잤는지 알 수 없지만 다시 눈을 뜬 것 역시 부스럭거림 때문이었다. 이번에는 꽤 가까이서 들렸다. 불길했다. 최대한 눈알을 돌려 주위를 둘러봤다. 내려앉은 어둠 끝에는 아무것도 보이지 않았다. 그러고 보니 달빛조차 들어오지 않았다. 천장으로 눈을 돌렸다. 그곳이야말로 어둠의 핵심이자 상층부였다. 가만히 올려다보고 있으면 눈이 멀 것만 같았.

다시 시선을 내렸을 때, 비로소 그게 보였다.

내 명치 위에 옹송그리고 앉은 작고 북슬북슬한 무언가.

"윽!"

짧은 신음에도 녀석은 꼼짝하지 않았다. 긴 꼬리를 한 번 꿈틀거렸을 뿐이었다. 새까만 시궁쥐였다. 성긴 수염과 동그란 눈알이 어둠 속에서도 똑똑히 보였다. 게다가 연신 찡긋거리는 코도. 시궁쥐는 나를 빤히 쳐

다봤다. 마치 내가 움직이지 못한다는 걸 아는 것 같았다.

여름이면 온갖 벌레가 들끓는 이 후진 동네에는 아직도 쥐가 돌아다녔다. 어쩌면 고양이가 많은 것도 쥐 때문인지 모를 일이었다. 좌우지간 쥐가 우리 집까지 들어온 건 처음이었다.

"저리 가!"

간신히 왼팔을 휘둘렀지만 녀석은 다리를 타고 쪼르르 내려가서는 다시 멈춰서 나를 봤다. 이봐, 날 어쩔 수 없다고. 나도 알고, 너도 알잖아, 안 그래? 시궁쥐는 그런 뜻으로 말했겠지만 내게는 찍찍, 하는 소리로만 들렸다. 문득 한 가지 이야기가 떠올랐다. 전신마비 환자 집의 반려견이 주인의 발가락을 모두 먹어 치웠다는 이야기. 환자는 발가락 열 개 중 아홉 개가 개에게 뜯어 먹힐 때까지 곤히 자고만 있었다. 유튜브에 떠도는 흔한 괴담이라고만 생각했는데 쥐를 보니 퍼뜩 정신이 들었다.

굶주린 저 녀석이 먹을 걸 찾기 시작한다면 어쩌지? 그러다가 적당히 쿰쿰한 냄새를 풍기는 내 발가락을 발견한다면? 저 쥐가 내 발가락, 혹은 다리를 갉아 먹는다 해도 나는 피할 수도 없고 느낄 수도 없었다.

작고 흉측한 설치류가 끝내 내 몸속까지 파고들어 올지도 모른다고 생각하자 소름이 쫙 돋았다.

"가! 가라고! 꺼져!"

나는 왼팔을 흔들며 필사적으로 외쳤다. 시궁쥐는 한참을 더 꼼짝하지 않고 있다가 슬그머니 사라졌다. 부스럭거리거나 찍찍거리는 소리가 더는 들리지 않았다. 그래도 긴장을 늦출 수는 없었다. 쥐에게 갉아 먹혀 죽는다는 건 내 예상에 없던 시나리오였다. 그런 개죽음만은 제발 피하고 싶었다.

12.

천둥이 울렸다. 내 배에서 나는 소리였다. 웃기는 일이다. 고작 이틀을 굶었다고 이토록 배가 고프다니. 사고 초기에 병원에서 먹었던 환자용 유동식마저 그리울 지경이었다. 톱밥을 갈아 만든 것 같은 그 음식은 한 가지 효과는 탁월했다. 반드시 병원을 탈출해 일반식을 먹고야 말겠다는 의지를 불태우게는 했으니까.

반드시 죽는다는 걸 알고, 그럴 각오까지 했지만 배고픔은 어쩔 수 없었다. 거기에 더해 목도 말랐다.

슬슬 고약한 냄새도 나기 시작했다. 엄마와 놈의 시체가 썩어가는 중이었다. 그걸 귀신같이 알아챈 파리떼가 붕붕 소리까지 내며 방 안을 날아다녔다. 부스럭거리는 소리는 들렸다가 안 들렸다가 했다. 쥐새끼는 여전히 돌아다녔지만 적어도 내 눈에는 띄지 않았다. 어딘가에 숨어서 뒈져있을 앨리게이터의 발가락이나 뜯으라고 하지. 그편이 훨씬 맛있을 테니까.

쥐가 신경 쓰여 밤에는 거의 자지 못했다. 그 탓에 낮 동안 잠이 쏟아졌다. 두 구의 시체가 피바다에서 뒹굴고, 그 위로 파리가 앉아 알을 까는 상황에서도 배가 고프다. 부패한 냄새가 코를 찌르고 한낮의 더위가 정수리를 달궈도 졸린 건 어쩔 수 없다. 인간은 참 대단하면서도 이상한 존재다. 의사도 비슷한 말을 했다. 그런 큰 사고에서도 살아남은 것 자체가 특별한 일이라고, 인간의 생명력이 얼마나 대단한지 보여주는 일이라고. 빌어먹을 기적 같은 단어를 안 써서 그나마 참을 만했지만 어쨌든 그 말을 듣는 순간 화가 치밀었다. 엄마는 우셨다. 아들을 살려줘서 감사하다고. 몰랐을 것이다. 고생문이 훤하게 열렸다는 사실을. 통나무 같은 자식 밥 먹이고 똥 치우다가 비참하게 죽게 될 운명이라는 사실을, 그때는 정말 몰랐을 것이다. 나는 알았다. 평생 발기가 안 된다는 이야기를 들었을 때부터 이제 내 인생은 망했다는 것을. 눈치 빠른 애인은 그래서인지 일찌감치 떠나버렸다. 나이스 초이스.

설핏 잠들었다. 적어도 자는 동안에는 배고픔과 목마름을 잊을 수 있었다. 눈을 떴을 때는 어슴푸레한 저녁이었다. 창문으로 성긴 어둠이 굼실굼실 기어들어왔다. 사흘째인지 나흘째인지 모를 하루가 지나고 있었다. 나는 깨자마자 뭔가가 이상하다는 걸 눈치챘다. 콕 집어 말할 수는 없었지만 분명 달라진 게 있었다. 멍하니 누워 도대체 무엇이 변한 건지 생각하고 또 생각했다. 그러다가 문득 깨달았다. TV 소리가 더 커졌다는 사실을.

내 귀가 잘못된 건 아니었다. 잠들기 전만 해도 선풍기 돌아가는 소리에 묻혀 TV는 잡음처럼만 들렸다. 지금은 아나운서 목소리가 똑똑히 울려 퍼졌다.

"이번 태풍 메아리가 북상하며 슈퍼태풍으로 발전할 가능성이 점점 커지고 있습니다. 메아리는 많은 비를 동반할 것으로 보이며……."

어떻게 된 일이지? TV 볼륨이 저절로 높아질 수는 없었다. 그렇다고 선풍기 돌아가는 소리가 줄어든 것도 아니었다. 누군가가 리모컨으로 소리를 높인 게 아니라면 설명이 불가능했다. 반대로 누군가가 리모컨을 조작한다는 것 역시 불가능한 일이었다. 거기까지 생각이 미치자 섬뜩했다. 땀으로 범벅된 몸이 차갑게 식는 느낌이었다. 나는 최대한 고개를 돌려 방문 너머 거실 쪽으로 시선을 던졌다. TV에서 뿜어져 나오는 불빛이 밝아졌다가 어두워졌다가를 반복하고 있었다.

그때였다.

거실 벽에 길쭉한 그림자 하나가 맺혔다. 분명 사람의 형체였다.

"누구야?"

놀라서 외쳤지만 대답은 돌아오지 않았다. 대신에 나타났을 때 그랬던 것처럼 그림자는 순식간에 사라졌다.

혹시 누가 몰래 들어온 걸까? 가능성은 희박했다. 아무리 정신 나간 좀도둑이라도 이런 낡아빠진 반지하에 뭔가를 훔치러 들어오진 않을 테니. 그렇다면…….

나는 눈을 오래 감았다가 떴다. 시력에는 문제가 없었다. 적어도 내 시야에 들어오는 것들은 제대로 보였다. 머리가 무겁고 잠을 잘못 잔 탓에 약간 몽롱하긴 했지만 정신도 멀쩡했다. 아직은. 그렇다는 건 헛것을 본 것도, 착각을 한 것도 아니라는 뜻이었다.

한동안 계속 거실을 노려봤지만 그림자는 다시 나타나지 않았다. 나는 시선을 거뒀다. 잠이 달아나버린 지는 오래였다. 어둠이 켜켜이 쌓인 천장을 올려다봤다. 심장이 불규칙하게 뛰었다. 그 밤 내내 한 가지 생각이 머릿속을 맴돌았다.

편히 죽지는 못하겠구나…….

왠지 그럴 것 같았다.

단순히 목이 마르거나 배가 고프거나 세균에 감염되어 죽는 행운을 누리지는 못할 거라는 강한 확신이 코를 찌르는 악취보다 더욱 선명하게 날아들었다.

13.

후텁지근했다. 공기 중에 뜨거운 수증기가 맴도는 것 같았다. 한증막에 들어온 듯 숨이 턱턱 막혔다. 아무래도 뉴스에서 떠들어대는 태풍 때문인 것 같았다. 눅진한 바람은 더위를 식혀주기는커녕 불쾌함만 더했다. 엄마는 점점 더 빠르게 부패해갔다. 어제만 해도 오른쪽 귀가 달려 있었는데 이제는 사라지고 없었다.

살이 썩어 문드러지면서 광대뼈와 치아도 그대로 드러났다. 그 사이로 하얗고 통통한 구더기가 그야말로 수도 없이 꿈틀거리고 있었다. 그 꼴을 보고 있을 수 없어 나는 가능한 엄마 쪽으로 시선을 돌리지 않았다. 그럼에도 지독하고 강렬한 악취 탓에 그 존재를 완전히 잊기란 불가능했다. 냄새는 내게서도 났다. 며칠 사이 적어도 서너 번은 똥오줌을 쌌을 것이고 기저귀는 이미 손 쓸 수 없을 정도가 됐으리라. 욕창은 아마 등과 엉덩이를 장악해 곰팡이처럼 영역을 넓혔을 테고. 엄마나 놈의 속도에는 미치지 못하겠지만 내 몸 역시 썩어가는 건 마찬가지였다.

그것보다 더 괴로운 건 비로소 배고픔보다 갈증이 우위를 점했다는 사실이었다. 목이 말랐다. 입 안은 바싹 말라버렸고 침 한 방울 나오지 않았다. 입술은 기나긴 건기를 맞이한 사바나의 평원처럼 쩍쩍 갈라졌다. 몸의 수분이 다 빠져나가면서 자연스레 기력도 떨어졌다. 왼팔을 들 힘도 없었다.

엄마는 내가 왼팔을 움직일 수 있는 한 언젠가 더 나아질 거라고 굳게 믿었다. 그랬기에 꼭 내 왼손을 붙잡고 끌어당겨 앉히고는 했다. 전동 침대라 버튼 하나면 위쪽이 세워지는데도 말이다. 내가 그 사실을 지적

하면 엄마는 이렇게 말했다.

"엄마는 힘이 세니까 괜찮아. 엄마 손 꽉 붙잡고 힘껏 일어나."

때로는 그 말이 짜증스럽게도 들렸지만 지금은 너무 그리웠다. 엄마 목소리를 한 번만이라도 더 듣고 싶었다. 그러면 당장 죽어도 아쉽지 않을 텐데……. 말라 버린 감정 아래 앙금처럼 남은 건 후회뿐이었다. 엄마에게 쏟아냈던 모진 말들이 결국에는 나를 찌르는 바늘이 되었다.

"엄마……."

나도 모르게 다시 엄마를 바라봤다. 그 순간이었다. 엄마가 꿈틀했다. 정확히는 얼굴 부분이 살짝 움직였다. 너무 놀라서 소리도 낼 수 없었다. 엄마는 천천히 고개를 꺾더니 목이 완전히 돌아간 상태로 딱 멈췄다. 잠시 후 이번에는 입을 한껏 벌렸다. 마치 비명이라도 지르려는 듯. 그 입 안에서 튀어나온 건 비명이 아니었다. 까맣고 작은 털 뭉치였다.

"안 돼!"

내 절규에도 아랑곳없이 시궁쥐는 두 발로 서서 입을 오물거렸다. 빨간 눈알이 뒤룩뒤룩 움직였다.

"가! 이 새끼야 꺼져!"

아무리 소리쳐도 쥐는 꼼짝하지 않았다. 내가 위협도 되지 못한다는 걸 아는 것 같았다. 영악한 놈이었다. 쥐새끼는 다시 엄마 입 안으로 기어들어 갔다. 거기가 식량 창고라도 되는 것처럼 경쾌하게 꼬리를 흔들며.

"제발 엄마한테서 나와……."

입과 혀가 말라 더는 소리를 내기도 힘들었다. 나는 차라리 눈을 감아버렸다. 하지만 귀는 닫을 수 없었다. 지금껏 의식하지 못했던 소리가 생생하게 귀를 파고들었다. 쥐가 부스럭거리며 살점을 찢는 소리, 질겅거리다가 삼키는 소리 같은 것들이 한 데 뒤섞여 감은 눈앞에 지옥도를 펼쳐놓았다. 힘껏 비명이라도 지르면 속이 시원하련만 내게는 그럴 힘마저 없었다. 슬픔과 분노가 들끓어 올랐지만 명치 끝에 걸려 밖으로 분출되지 않았다. 그저 가슴이 불로 지지듯 아플 뿐이었다.

복잡한 감정의 소용돌이에 휘말려 정신을 못 차리고 있을 때였다. 초인종이 울렸다. 나는 퍼뜩 정신을 차렸다. 그러곤 사력을 다해 말을 토해냈다.

"도와…… 도와……."

고작 그 정도를 더듬거리며 말하는 게 전부였다.

현관문 너머로는 들리지도 않을 것이다. 우리 집을 찾아온 방문객은 반응이 없자 급기야 섀시로 된 문을 세게 두드리며 외쳤다.

"가스 안전 점검 나왔어요. 안에 계시면 잠깐 문 좀 열어주세요."

"여기요. 여기……."

사력을 다해 소리를 냈지만 역시 무리였다. 가스 점검원은 내 소리를 전혀 듣지 못하는 듯했다.

"아니, 텔레비전 소리는 나는데 왜 문을 안 열어주세요? 아무도 안 계세요? 거참."

"사람 있어요!"

내가 간신히 그렇게 외쳤을 때는 이미 계단 올라가는 발소리가 들렸다. 나는 가스 점검원이 우리 집 창문 앞을 지나다가 이상한 냄새를 맡고 한 번 들여다보기를 기대했다. 그럴 수 있었다. 그리고 창살에 조금만 가까이 얼굴을 대도 이 방 안의 참상을 알아보는 건 어렵지 않으니 분명 신고도 할 것이다.

나는 누군가가 비명을 내지르거나 헉, 하며 숨을 참는 소리가 들리기를 기다렸다. 대략 십여 분 정도가 흐른 뒤 포기했다. 가스 검침원은 바쁘게 다른 집으로 향한 모양이었다. 소리 지를 힘만 있었더라면, 입이 그렇게 마르지 않았더라면…… 뭔가가 달라졌을까? 수없이 질문했지만 결국 대답은 하나였다. 나는 어쨌든 죽게 된다는 것.

놈과 엄마, 그리고 나는 언제쯤 발견이 될까? 아마 아주 오랜 시간이 흘러야 할지도 모른다. 놈은 말할 것도 없고, 엄마와 나 역시 딱히 찾는 사람이나 친하게 연락하는 이가 없으니까.

이런저런 생각을 하는 사이 다시 밤이 찾아왔다. 어둠은 창살 사이로 검고 긴 몸체를 들이밀며 끔찍한 현장을 지워나갔다. 습한 바람은 여전했고, 과연 태풍이 올라와서 그런지 바람 자체가 거세게 불었다. 그랬기에 모처럼 덥지 않은 밤이 되었다. 시궁쥐의 거처도 알았으니 안심하고 잘 수 있을 것 같았다. 고마워요, 엄마.

14.

단잠을 깨운 건 보이지 않는 더듬이였다. 자는 동안 그게 발동했다. 그나마 감각이 남아 있는 목 위로 찌릿찌릿 전기가 통하는 것 같아서 눈을 뜰 수밖에 없었다. 처음에는 무슨 상황인지 몰랐다. 또 쥐가 돌아다니는 건가 싶어 컴컴한 방 안을 훑었을 뿐이었다. 그러다가 알아챘다. 이번에는 쥐 따위가 아니었다.

거실 TV 앞에 놈이 서 있었다.

피 칠갑한 모습 그대로 한 손에 리모컨을 든 채 우두커니 서서 TV를 보고 있었다. 약간 흐릿하긴 해도 놈이라는 걸, 늙은 수컷 앨리게이터라는 걸 못 알아볼 정도는 아니었다.

놈을 발견한 순간부터 심장이 엇박자로 뛰었다. 나는 최대한 이성적으로 생각해 보려 애썼다. 놈은 죽었다. 그 상처를 입고도 죽지 않았다면 그거야말로 빌어먹을 기적일 것이다. 그렇다면 TV에 얼굴을 처박고 있는 저 존재는 귀신이다. 이성적인 사고의 끝이 결국 귀신이라니, 허탈하기 짝이 없었지만 그 감정이 공포심을 뛰어넘지는 못했다. 무서웠다. 머리끝이 주뼛 선다는 상투적인 표현을 쓸 수밖에 없을 만큼. 살아있을 때도 이미 무서운 존재였는데 죽어 귀신이 되었으니 얼마나 더 살벌하게 굴지 예상하기도 힘들었다. 나는 놈에게서 시선을 떼지 못했다. 그러다가 잠시 눈을 깜박였는데 그사이에 놈이 몸을 돌려 나를 응시하고 있었다. 재빨리 눈을 감았다. 아무리 귀신이라도 어두운

방에 누워 눈을 뜨고 있었던 것까지 알아채지는 못하리라고 생각하며.

내 예상은 보기 좋게 빗나갔다.

놈이, 나를 향해 다가오기 시작했다. 죽었지만 방바닥에 발을 질질 끄는 그 기분 나쁜 발걸음은 변하지 않았다. 덕분에 보지 않고도 놈이 가까워진다는 걸 알 수 있었다.

슥. 슥. 슥.

단 몇 걸음 만에 놈이 내 침대 옆에 섰다. 놈에게서는 차디찬 한기가 뿜어져 나왔다. 나는 눈을 꾹 감고 최대한 숨을 고르게 쉬려고 노력했다. 놈이 나를 내려다보는 게 느껴졌다. 차라리 기절이라도 하면 좋으련만 내 정신은 너무 생생했다. 얼마나 시간이 지났을까, 놈이 사라졌는지 아니면 버티고 서 있는지 궁금해 미칠 지경이 된 그 순간에 귓가로 서늘한 한 마디가 날아들었다.

"죽고 싶지?"

하마터면 고개를 끄덕일 뻔했다.

"죽으면 모든 게 편해져."

놈은 말을 이었다. 느물느물한 말투는 죽어서도 그대로였다. 지독한 입 냄새도.

"원하면 내가 죽여줄까?"

놈은 죽기 전과 후가 말이 달랐다. 한 명이라도 더 데려가면 보너스를 주는 다단계도 아닐 텐데 앨리게이터는 내 숨통을 끊고 싶어 했다. 어쩌면 이거야말로 귀신의 본성인지도 모른다. 나는 대답하지 않았다.

"난 널 지켜볼 거야. 그러니 너무 고통스러우면 말해. 숨통을 끊어줄 테니."

악어는 그 어마어마한 턱 힘으로 먹잇감을 물고 빙글빙글 돌며 물속으로 끌어들인다. 단번에 죽이지 않는다는 뜻이다. 놈도 그럴 것이다. 앨리게이터니까.

한참 더 시간이 흐른 뒤 눈을 떴을 때는 놈이 사라지고 없었다. 냉기도 옅어졌다. 그래도 느낄 수 있었다. 늙은 악어가, 아니 죽은 악어가 어둠 속에서 호시탐탐 기회를 노리며 도사리고 있다는 사실을.

15.

어지러웠다. 나는 가만히 누워있는데 천장이 빙글빙글 돌았다. 고작 하루가 더 지났을 뿐이지만 몸 상태는 급격하게 안 좋아졌다. 거대한 손이 내 몸을 쥐고 힘껏 비틀어 짠 듯 이제는 땀 한 방울 나오지 않았다. 허기는 오히려 가셨다. 굶주림도 힘이 남아있어야 느끼는 거였다. 시원한 물 한 잔만 마셔도 살 것만 같았다. 시야가 흐려졌고 자꾸 잠이 쏟아졌다. 환청인지 아니면 진짜인지 알 수 없게 놈의 목소리가 자꾸 들렸다.

"죽여 줄게. 말만 해."

구더기는 손가락 마디만큼 굵어져 바닥을 기어 다녔다. 파리떼의 날갯짓 소리가 선풍기 돌아가는 소리보다 클 정도였다. 극심한 악취에 코는 이미 마비되었다. 느낄 수는 없었지만 내 몸 구석구석도 썩어가고 있다는 걸 나는 잘 알았다. 이제는 빨리 죽음이 찾아오기만을 바랄 뿐이었다. 그렇다고 앨리게이터에게 부탁하는 추태는 부리고 싶지 않았다. 그건 마지막 자존심이었다.

"태풍 메아리가 우리나라를 지날 것으로 예상되는 가운데 수도권 일대에는 태풍 경보가 내려졌습니다. 기상청 관계자는 내일 오전이 고비가 될 것으로 보고 특히 집중호우에 대비해야 한다고 강조했습니다. 이에 따라……"

이제 뉴스에서는 거의 태풍 이야기밖에 안 했다.

웃기는 일이었다. 역대급이건 뭐건 태풍이 불어와도 꼼짝도 못 하는 내가 주구장창 같은 뉴스만 들어야 한다니. 이제는 태풍의 경로가 머릿속에 훤히 그려질 정도였다.

문득 어릴 때 일이 떠올랐다. 그날도 비가 많이 내렸다. 소나기였다. 우산이 없던 나는 학교 건물에 서서 이러지도 못하고 저러지도 못했다. 나처럼 우산이 없던 친구들은 마중 나온 엄마와 함께 우산을 쓰고 집으로 향했다. 나는 하염없이 기다렸지만 마지막 친구가 떠날 때까지 엄마는 오지 않았다. 꽤 시간이 흘러서 나는 어쩔 수 없이 비를 맞고서라도 집으로 가야겠다고 생각했다. 엄마는 오지 않을 거라는 슬픈 예감이 들었다. 조금 울었던 것도 같다. 아무튼 빗물인지 눈물인지 모를 뭔가가 얼굴을 적시기는 했다. 빗줄기가 워낙 거셌던 터라 나는 금세 흠뻑 젖었다. 오돌오돌 떨면서 운동장을 가로지르는데 날 부르는 목소리가 들렸다. 고개를 들었다. 엄마가 달려오고 있었다. 그날 엄마는 40도가 넘는 고열에 시달리다가 결국 공장에서 쓰러졌고, 깨어났을 때는 이미 소나기가 퍼붓기 시작했다고 한다. 엄마는 내게 우산을 씌워주며 말했다.

"늦어서 미안해. 다음엔 늦지 않게 올게."

엄마가 보고 싶었다. 쥐새끼가 파먹은 엄마 말고 나만 보면 언제나 환하게 웃어주던 엄마를……

놈은 죽어 귀신이 되었는데 엄마는 왜 나타나지 않는 걸까? 귀신이 되어 떠도는 것에도 어떤 조건이 필요한 걸까? 나쁜 놈일수록 그렇게 될 확률이 높다고 한다면 그건 인정이다. 반대로 말하자면 엄마는 지금 아늑한 어딘가에서 편히 쉬고 있을 테니. 내가 기억하는 한 엄마는 제대로 쉬어본 적이 없었다. 죽어서라도 엄마가 쉴 수 있다면, 그래…… 그건 참 다행스러운 일이다.

"나도 곧 갈게, 엄마."

나는 중얼거렸다.

가서…… 나도 좀 쉴게.

16.

번쩍, 하며 사방이 밝아지더니 천둥이 쳤다. 내 뱃속에서 울리는 소리가 아니라 진짜 천둥이었다. 하늘이 성난 짐승처럼 으르렁거렸고 곧 바람이 불어닥쳤다. 열린 창문으로 들어온 성난 바람은 어둠까지 흩어

버릴 기세였다. 일기예보는 정확했다. 밤부터 태풍의 영향권에 든다고 하더니 그 말 그대로 거대한 무언가가 몰려오고 있었다.

나는 그야말로 축 늘어진 상태였다. 생명력이 빠르게 빠져나가고 있다는 사실을 몸소 느낄 수 있었다. 눈을 뜨고 있기도 힘들었다. 태풍이 몰려오며 더위가 물러간 건 환영할 일이었지만 대세에는 지장이 없었다. 그러니까, 그러거나 말거나 나는 곧 죽게 될 터였다.

다시 번개가 지나갔다. 불을 켠 듯 방 안이 환하게 밝아진 그 찰나의 순간, 내 옆에 선 놈을 봤다. 놈은 뒤틀린 미소를 지으며 속삭였다.

"통나무 주제에 생각보다 질기군."

"시끄러워."

간신히 그렇게 대꾸했다. 마음 같아서는 소리 지르고 싶었지만 겨우 웅얼거리는 게 다였다.

"지금쯤 그런 생각을 할 거야. 이렇게 비참하게 죽느니 차라리 태어나지 않았어야 한다고. 맞지?"

이번에는 웅얼거리는 대꾸조차 못 했다. 놈은 내 속마음을 정확히 꿰뚫었다. 나는 이제 귀신이 된 놈이 무섭지 않았다. 죽음도 마찬가지였다. 내게 한 가닥 남은 공포심은 허무와 연결돼 있었다. 마지막 숨을 내뱉는 그 순간에 지금까지의 인생이 실패 그 자체였다는 걸 받아들이게 될까 봐 두려웠다. 한순간도 행복했던 적이 없었다는 허무가 최후의 감정으로 남을까 봐 무서웠다.

"넌 쓸모없는 존재였어, 통나무."

놈은 오늘따라 말이 많았다. 게다가 맞는 말만 골라 했다. 젠장.

"남의 등골 빼먹는 데는 내가 전문이라서 잘 아는데 말이야, 넌 내가 본 어떤 쓰레기 중에서도 최고였어. 네 엄마가 널 얼마나 원망했는지 알지?"

아니라고 말하고 싶었지만 입이 떨어지지 않았다.

"그 누구보다 네 엄마가 간절히 원했지. 네가 뒈지기를. 그런데 넌 지독하게 살아남아 모든 이를 힘들게 했어. 정말로 최악의 통나무인 거지."

"아니야."

그렇게 말하고는 헛웃음이 나왔다. 아닌 게 아니라는 걸 나 역시 잘 알고 있었으니까. 물소는 다치거나 병든 개체를 가차 없이 버린다. 그 한 마리 탓에 무리 전체가 위험해질 수도 있기 때문이다. 이것 역시 내셔널지오그래픽을 보면서 알게 된 사실이다. 엄마는 바보처럼 나를 버리지 못했다. 전신마비 이야기를 들었을 때도 그저 살아있으니 된 거라고 애써 웃던 엄마였다. 엄마라고 힘들지 않았을 리 없었을 텐데…….

"나라면 혀를 깨물어서라도 일찌감치 죽었을 거야. 넌 그럴 용기도 없었지."

놈의 말이 끝나기 무섭게 다시 바람이 불어닥쳤다. 뒤이어 비가 쏟아졌다. 총알이 퍼붓는 게 아닐까 할 정도의 세찬 비였다. 바닥에 튄 빗물이 열린 창문으로 날아들었다. 빗물은 내 얼굴에도 떨어졌다. 나는 본능적으로 입을 벌렸다. 차가운 물이 입술과 혀를 적셨다. 짜릿하고 황홀했다. 또 다른 의미로 머리카락이 주뼛설 정도로. 혀를 길게 빼서 입술까지 샅샅이 핥았다. 달았다. 정신이 번쩍 들었다. 빗물은 맹공을 퍼부었고 덕분에 나도 조금은 생기를 찾았다. 쩍쩍 갈라진 땅일수록 물을 빨리 흡수하기 마련이다. 비가 얼굴에 튀거나 침대를 적시는 것 따위는 신경도 안 썼다. 나는 오로지 수분을 보충하는 일에만 집중했다. 놈은 그때까지도 옆에 버티고 서서 계속 떠들었지만 귀에 들어오지도 않았다. 그러고 마침내…….

"시끄러워!"

나는 놈에게 외쳤다. 목소리가 나왔다. 그것도 제

법 우렁차게.

"꺼져! 이 파충류 새끼야."

내 기세에 놀랐는지 놈은 어느새 사라지고 없었다. 됐다. 기분이 한결 나아졌다. 아니, 그 정도가 아니었다. 놈을 이겨냈다는 생각에 환호성이라도 내지르고 싶었다. 그러지 않은 건 빗물을 받아먹느라 정신이 없었기 때문이었다.

"천천히 먹어라. 체할라."

엄마는 내게 종종 그 말을 했다. 어릴 때도, 어른이 되어서도, 그리고 통나무가 된 후에도. 기억 하나가 더 떠올랐다. 중학교를 졸업하던 날 엄마와 함께 처음으로 뷔페에 갔다. 한창 먹을 나이에, 눈 앞에 펼쳐진 수많은 음식을 보니 저절로 입이 쩍 벌어졌다. 엄마는 그때도 말했다. 많이 먹어도 좋으니 체하지 않게 천천히 먹으라고. 우리는 그때 제법 행복했다. 단칸방에 살고, 3년 내내 입은 내 교복은 여기저기 해지고 작아졌지만 적어도 웃음만은 넉넉했다. 내가 엄마에게 처음으로 무언가를 선물한 날을 기억한다. 고등학교 졸업과 동시에 건설 현장에 뛰어들어 첫 월급을 받았을 때였다. 나는 엄마에게 어울리는 게 뭘까 고민하다가 나비 모양 머리핀을 골랐다. 엄마는 내 선물을 받고는 눈물까지 흘리며 좋아했다. 그런 날들이, 엄마와 나 사이에는 셀 수 없이 쌓여 있었다. 그건 앨리게이터 놈이 쉽게 여길 수 없는 견고하고 높은 벽이었다. 우리를 보호해주는 성벽.

희미하게나마 삶의 의지가 샘솟았다. 목을 축였기 때문만은 아니었다. 굳이 표현하자면 반발심이었다. 놈의 말에 현혹돼 비관적인 생각만 하다가 죽기는 싫었다. 물론 딱히 대책은 없었다. 갈증을 해결했을 뿐 굶주림은 여전했고 침대에 누운 채 옴짝달싹 못 한다는 사실도 변하지 않았다. 힘을 그러모아 소리를 지른다 해도 이 태풍 속에서는 누구 하나 들어주지 않을 것이다.

잠시 생각하는 사이 빗줄기가 더 굵어졌는지 방으로 들어오는 빗물의 양이 훨씬 많아졌다. 이제는 얼굴에 그대로 맞고 있기가 힘들 정도였다. 나는 버튼을 눌러 침대 머리 쪽을 세웠다. 너무 오랜만에 앉아서 그런지 살짝 현기증이 일었다. 눈을 감고 호흡을 가다듬었다. 살 것 같았다. 살고 싶었다. 하지만 방법이 없었다.

번개가 또 한 번 쳤다. 순간 눈이 멀 정도로 강렬한 빛이 방 안을 환하게 밝혔다. 무척 가까운 곳에 떨어진 것 같았다. 아니나 다를까 하늘을 두드리는 천둥

소리도 바로 지척에서 들렸다. 그 즉시 퍽, 하는 소리와 함께 TV가 꺼졌다. 선풍기도 어정쩡한 자세 그대로 멈췄다. 온 집 안이 순식간에 완전히 어두워졌다. 정전이었다. 재앙은 그것으로 끝이 아니었다. 심상치 않은 땅 울림이 느껴진다 싶더니 곧 시커먼 물이 방 안으로 콸콸 쏟아져 들어왔다. 마치 홍수라도 난 것처럼. 그러고 다음 순간……

쾅!

방문이 저절로 닫혔다.

17.

물은 무서운 기세로 불어났다. 엄마와 선풍기가 까만 물에 잠겨 금세 보이지 않게 되었다. 방문 틈으로 새 나가는 물보다 열린 창문으로 밀고 들어오는 물의 양이 훨씬 많았다. 폭우에 길거리 배수구가 막혀 물이 역류하는 것 같았다. 이대로라면 방 안이 물바다가 되기까지는 몇 분도 걸리지 않을 것이다. 이건 예상에 없던 시나리오였다. 뭐, 어떤 것 하나 내 예상 범위 안에 있던 건 없었지만…… 그래도 익사는 해도 너무 했다.

몇 시간 전까지 탈수로 죽으리라 각오했던 사람에게 익사라니. 엄마가 그토록 열심히 믿었던 하나님이 진짜 있다면 따져 묻고 싶을 정도였다. 세상에 이따위 시나리오가 어디 있냐고.

빗물은 내 항의에는 관심도 없다는 듯 계속 들어왔다. 방범 창살이 개방된 수문처럼 보일 정도였다. 급기야 바닥에 있던 것들이 물 위에 둥둥 떴다. 침대 옆에 엄마가 개어놓은 수건들도 그랬다. 수건은 밤바다를 유영하는 해파리처럼 보였다. 수건이야 물에 뜬다지만 통나무는 가라앉을 게 뻔했다. 물이 천장까지 차오르기까지 얼마나 남았을까? 도저히 가늠이 안 됐다. 한 가지 확실한 건 짐작했던 것보다 죽음이 빨리 찾아오리라는 사실이었다.

나는 그 사실을 받아들이기 싫었다. 겨우 살고 싶어졌는데 빗물에 빠져 익사라니. 이건 아사보다 더 비참하고 끔찍했다. 물은 실컷 마시겠네, 젠장.

어쨌든 이 상황을 해결해보고 싶었다. 가장 가능성이 큰 건 방문을 열어 고인 물을 집 안 구석구석으로 흘려보내는 것이었다. 언제나 그렇듯 문제는 나였다. 두 발로 걸어가 휙 하고 문을 열기만 하면 되는데, 그 쉬운 걸 할 수 없는 게 내 몸뚱이었다.

방법이 없을까?

나는 필사적으로 머리를 굴렸다. 침대는 바퀴를 고정해 놓아 움직일 수 없다. 하지만 매트리스라면 이야기가 다르다. 침대 생활하는 환자를 위해 만들어진 특수 매트리스는 꽤 두께감이 있으면서도 가벼웠다. 이 매트리스라면 충분히 물에 뜰 것 같았다. 문제는 내가 올라탄 채로도 가라앉지 않고 버티는가에 있었다. 가능하지 싶었다. 다만 그러자면 지금보다 물이 더 들어차야 한다. 쏟아져 들어오는 기세로 봤을 때 30분 내로 침대를 위협할 정도까지 차오를 게 분명했다. 나는 그때를 위해 힘을 아껴둘 생각으로 조용히 물만 바라봤다.

물은 검은색이었다. 하수가 역류했으니 당연하겠지만 악취와 물비린내가 진동했다. 폭포수처럼 떨어져 내리는 물을 보고 있자니 어떤 악의마저 느껴질 정도였다. 살아있는 모든 걸 반드시 수장시키고야 말겠다는 사악하고 서늘한 기운이 넘실거렸다. 그 사이에도 번개와 천둥은 계속 교차했다. 번개가 번쩍이고 천둥이 우르르 몰려오는 그 짧은 순간마다 한때는 내 방이었고, 잠깐 살인 현장이었다가, 이제는 하수처리장으로 빠르게 변해가는 모습이 똑똑히 보였다. 바닥에 놓여 있던 것들은 대부분 떠올랐다. 선풍기는 아니었다. 녀석은 제법 묵직했으니까. 제일 먼저 떠오른 건 엄마였다. 엄마는 스노클링이라도 하듯 물에 엎드린 채 유유히 떠다니고 있었다.

엄마는 바다를 참 좋아했다. 재미있는 것은 엄마가 실제로 바다를 본 적이 한 번도 없다는 사실이었다. 그 흔한 인천 앞바다 구경도 못 했다. 그러면서도 늘 바다 타령을 했다. 바다에 가면 속이 뻥 뚫릴 것만 같다느니, 바다만 생각해도 기분이 좋아진다느니 하면서. 그러고 보면 엄마는 좀 소녀 같은 구석이 있었다. 나는 그런 엄마에게 말했다.

"까짓 돈 좀만 더 모아서 제주도 한 번 갔다 오자!"

그때는 몰랐지, 뭐. 제주도는커녕 제주 삼다수 사러 집 근처 편의점에도 못 가는 몸이 될 줄은.

시커멓고 냄새나는 물이 침대 가장자리를 핥기 시작했다. 지금이 바로 그 순간이었다. 단련하고 단련한 내 왼손을 써야 할 때.

벽에 왼손을 대고 조금씩 밀었다. 매트리스는 완강하게 버텼다. 오랜 시간 한 몸처럼 붙어있던 침대와 이별할 수 없다는 듯이. 그래도 내 왼손 힘을 당할 수는 없었다. 이 순간에는 물도 도움이 됐다. 침대가 젖기 시작하면서 밀착되어 있던 매트리스가 더 잘 움직였다. 마침내 매트리스 머리 부분이 침대에서 떨어져 물로 향했다. 지금부터가 중요했다. 나는 앉은 자세였다. 자칫 잘못했다가는 물속에 거꾸로 처박힐 수도 있다. 왼손으로 매트리스를 꽉 잡고 자연스레 체중을 실었다. 점점 물이 가까워졌다. 이대로 조금만 더 간다면……

그때였다. 까맣고 길쭉한 무언가가 물속에서 빠르게 움직여 침대에 돌진했다. 그것, 아니 그놈이 침대에 부딪히는 동시에 나는 매트리스와 함께 물로 떨어졌다. 그러면서 벽에 머리를 박고 말았다. 순간 의식이 흐려질 정도의 강한 충돌이었다.

눈앞이 깜깜해진다는 걸 느끼면서도 나는 침대를 강타한 그놈의 정체를 알아챘다.

앨리게이터였다.

18.

아마 정신을 잃었던 건 몇 초 정도인지도 모른다.

기껏해야 몇 분이거나. 물론 내게는 영원처럼 길게 느껴졌지만. 결국 죽었구나 싶었다. 보이는 건 아무것도 없었다. 끝도 없는 암흑뿐이었다. 물 샐 틈 하나 없이 촘촘하게 짠 암흑이 나를 에워싸고 있었다. 갑갑했다. 분명 의식은 있는데 움직일 수도, 말을 할 수도 없었다. 내가 누워 있는 건지 공중에 떠 있는 건지 모를 지경이었다. 열혈 신자였던 엄마와 달리 나는 교회에 다니지 않았다. 나중에는 다닐 수 없는 몸이 되기도 했고. 아무튼, 그렇다고는 해도 내세에 대한 믿음은 있었다. 거기가 꽃 피고 햇빛 찬란한 천국이나 불이 활활 타오르는 지옥은 아닐지라도 죽음이 끝이 아니었으면 좋겠다는 생각 정도는 했다. 그랬는데 죽어서 오게 되는 곳이 이런 암흑 세상이라니……. 불공평하다는 생각에 화가 치밀었다. 살아서도 못 움직였는데 죽어서는 소리도 낼 수 없게 되다니! 그때 저만치 먼 곳 어딘가에서 희미한 빛이 깜박였다. 너무나 작고 연약한 빛이었지만 지독한 어둠 속에서는 그마저도 반가웠다. 빛은 둥둥 떠서 내게로 다가왔다. 그러다가 결국 내 얼굴 근처까지 와서는 스르르 사라졌다. 동시에 적막을 깨는 한 음절의 소리가 들렸다.

"찍."

찍?

눈을 떴다. 온갖 소음이 한꺼번에 귀를 파고들었다. 천둥소리, 빗소리, 물이 쏟아지는 소리, 그리고……찍.

흠뻑 젖은 시궁쥐가 내 얼굴 바로 옆에 앞발을 모은 채로 옹송그리고 앉아 있었다. 나는 매트리스에 누운 상태로 물 위를 둥둥 떠다니는 중이었다. 머리가 깨질 듯 아팠지만 어쨌든 살아남았다는 사실에 안도했다. 매트리스는 무거운 나는 물론이고 쥐새끼까지 받쳐 줄 정도였다. 일단 계획의 첫 단계는 성공한 셈이었다. 이대로라면 물이 방을 가득 채우더라도 살 수 있지 않을까 싶었지만 바로 생각을 바꿨다. 앨리게이터의 존재를 잊으면 안 되니까. 놈은 어떻게 해서든 나를 죽이려 들 것이다.

사악한 악어가 매트리스를 뒤집거나 불쑥 솟아올라 내 목덜미를 물어뜯기 전에 이 방을 탈출해야 한다. 놈이 정말로 악어로 변한 건지 궁금하지는 않았다. 귀신이니 뭔들 못하겠는가. 중요한 건 늙은 수컷 악어가 내게 앙심을 품었다는 사실이고, 심지어 물이 가득 찬 이곳은 늪지대와 상당히 닮아있다는 점이었다. 어릴 때 들었던 노래가 생각났다.

늪지대가 나타나면은 악어 떼가 나온다. 악어 떼!

나는 왼손으로 물을 저었다. 물이 계속 쏟아져 들어오는 탓에 매트리스는 자꾸만 방구석으로 밀려났다. 왼손만 가지고, 더군다나 손목만 까딱거려서는 방문 쪽으로 방향을 바꾸기 힘들었다. 시궁쥐는 아무런 도움도 되지 않았다, 당연한 일이지만.

결국 매트리스는 침대와 뒤쪽 벽 사이까지 떠밀려 갔다. 그야말로 노 없이 헤매는 뗏목 신세가 됐지만 오히려 그게 기회였다. 나는 왼손으로 벽을 짚었다. 그러고는 조금씩 밀면서 이동했다. 쥐가 응원하듯 찍찍거렸다.

"천천히…… 천천히 가는 거야."

나는 그 말을 주문처럼 되뇌며 밀고 또 밀었다. 내 방은 좁았다. 그냥 좁은 게 아니라 좁아터졌다. 하지만 지금은 깊이를 짐작할 수 없는 정글의 늪이요, 넓이를 가늠할 수 없는 망망대해였다. 한참을 민 것만 같은데 방문 근처에도 닿지 못했다. 추웠다. 속에서부터 올라오는 떨림이 멈출 생각을 안 했다. 놈이 말을 걸어온 건 그때였다.

"이제 포기해."

놈의 목소리는 물속에서 올라오는 것도, 허공에 울

려 퍼지는 것도, 아니면 내 머릿속에서 진동하는 것도 같았다. 어쨌든 기분 나빴다.

"지랄하지 마."

"넌 못해. 이 통나무야."

놈은 웃겨서 미치겠다는 듯 키득거렸다.

"할 수 있어."

아마도······.

"그 잔가지 같은 왼팔에도 점점 힘이 빠지지 않아? 그렇지?"

"내 왼팔은 무적이야. 끄떡없어."

사실이었다. 그러니까, 힘이 빠지고 있다는 놈의 조롱 말이다.

"원한다면 편하게 해주지."

"그냥 내버려 둬."

"외롭지?"

나는 대꾸하지 않았다.

"혼자 아등바등 살아나 봐야 뭐 하겠어? 널 돌봐줄 사람 하나 없는데. 안 그래?"

그렇기는 하지.

"빨리 죽어서 엄마 보러 가야지. 넌 그년 없으면 아무것도 못 하잖아. 똥 치우는 것도."

"엄마한테 욕하지 마!"

"엄마한테 욕하지 마."

놈은 내 말을 따라 하며 또 웃었다.

"숨어 있지 말고 나와! 난 너 따위 하나도 안 무서우니까."

내가 소리치자 놈은 더 크게 웃었다.

"과연 그럴까?"

그 물음과 함께 노랫소리가 울려 퍼졌다. 놈이 걸걸한 목소리로 노래를 부르고 있었다.

"정글 숲을 지나서 가자. 엉금엉금 기어서 가자……."

침대 쪽에서 뭔가가 물살을 가르며 빠르게 다가왔다. 우툴두툴한 등판이 얼핏 보였다. 앨리게이터였다.

"…… 늪지대가 나타나면은…… 악어 떼가 나온다. 악어 떼!"

나는 본능적으로 매트리스를 꽉 잡고 충돌에 대비했다. 소용없었다. 거대한 앨리게이터가 전속력으로 헤엄쳐와 부딪힌 순간 매트리스는 속절없이 출렁거렸다. 물이 내 얼굴을 덮쳤다. 코와 입으로 파고든 차가운 물 때문에 정신을 차릴 수 없었다. 놈은 그 정도로 끝내지 않았다. 매트리스 끝을 물고는 물속으로 당기기 시작했다. 악어의 무는 힘은 1톤에서 3톤 가까이 된다. 한 번 물리면 벗어날 수 없다는 뜻이다. 게다가 그렇게 꽉 물고는 온몸에 힘을 실어 미친 듯이 회전한다. 이른바 '데스 롤'이다. 여기에 휘말리면 어떤 동물도 벗어나지 못하고 갈기갈기 찢긴다. 악어보다 훨씬 무거운 물소도 버티지 못할 정도인데 매트리스라면 말 다 했지, 뭐.

사냥감이 된 매트리스와 함께 나는 물속으로 쑥 들어갔다. 꼼짝없이 죽었구나 싶었던 바로 그 순간, 왼손에 뭔가가 닿았다. 툭 튀어나온 쇠붙이. 문손잡이였다. 그걸 쥐었다. 그때였다. 이미 매트리스를 찢어발긴 앨리게이터가 내 쪽으로 몸을 틀었다. 어둡디어두운 물속이었지만 놈의 거대한 형체는 똑똑히 보였다. 그 흉측한 파충류가 나를 향해 돌진했다. 나는 망설이지 않고 문손잡이를 돌렸다.

19.

서핑을 해본 적은 없다. 그런데도 감히 비유하자면, 감당할 수 없는 큰 파도와 맞닥뜨린 초보 서퍼처럼 나는 속절없이 물살에 잡아먹혔다. 방에서 빠져나간다는 건 알겠는데 어디가 위이고, 어디가 아래인지 모를 정도로 마구 휩쓸렸다. 그러면서 물을 잔뜩 먹었다. 콧속으로 송곳을 찔러넣어 뇌까지 후벼파는 것 같았다. 이리 구르고 저리 구른 나는 결국 주정뱅이가 토해놓은 덜 삭은 안주처럼 거실 바닥에 나동그라졌다. 정신을 차릴 수 없었다. 물은 계속 내 몸을 적시며 철썩철썩 소리를 냈다. 덕분에 정말로 바다에 온 게 아닐까 착각이 들 정도였다. 제주도의 푸른 바다.

아니란 걸 알잖아.

내 머릿속 어딘가에 개미 똥구멍만큼 작게 남아 있는 이성이 속삭였다. 그래, 아니라는 걸 알았다. 제주도의 푸른 바다가 아니라 반지하의 시커먼 구정물이라는 게 차갑고 확실한 현실이었다. 나는 그 사실을 새삼 깨달으며 눈을 떴다.

거실도 컴컴하기는 마찬가지였다. 물바다라는 사실도. 나는 엎드린 채였다. 방에서 물이 계속 쏟아져 나왔다. 앨리게이터, 그 빌어먹을 악어 새끼는 보이지 않았다. 어디에 또 숨은 게 분명했다. 내가 약해진 틈을 타 물고 늘어지려고. 그렇다면 놈이 모르는 게 하나 있었다. 바로 지금이 그 순간이라는 걸. 힘을 내보려 해도 도저히 움직일 수 없었다. 그러니까 왼팔 말이다. 지금으로서는 왼팔로 바닥을 기어 현관까지 가는 게 최선이었지만 불가능해 보였다. 사실 거실에서 현관까지는 두어 걸음이면 충분했지만 지금의 내게는 제주도만큼이나 멀게 느껴졌다.

나는 어떻게 해야 할지 몰라 현관만 바라봤다. 그때 나를 향해 뭔가가 둥둥 떠밀려 왔다. 엄마였다. 정확히 말하자면 엄마 시체. 엄마 역시 엎드린 상태였는데 바통을 전달하려는 계주 주자처럼 나를 향해 손을 내밀고 있었다. 마치 이렇게 말하는 것 같았다.

"엄마는 힘이 세니까 괜찮아. 엄마 손 꽉 붙잡고 힘껏 일어나."

감상에 젖는 건 딱 질색이었지만, 지금은 엄마가 필요했다. 엄마 말을 듣고 싶었다. 나는 왼팔을 뻗어 엄마의 오른손을 잡고 힘껏 당겼다. 엄마는 바닥에 뿌리를 박은 듯 움직이지 않고 버텨줬다. 내 몸이 쓱 미끄러졌다. 한 번 더 당겼다. 현관 쪽으로 한 뼘 정도 가까워졌다. 그런 식으로 엄마를 붙잡고 계속 이동했다. 왼팔이 덜덜 떨렸지만 이를 악물었다. 달팽이처럼 전진했다. 꿈틀, 쓱. 꿈틀, 쓱. 그렇게. 어느새 엄마의 다리에 이르렀다. 엄마 오른쪽 발이 방문 사이에 끼어있었다. 환상이 조금 깨졌지만 나는 현실주의자였다. 덕분에 현관과의 거리를 좁혔으니 됐지, 뭐. 그래도…… 엄마 고마워요.

우리 집 현관문은 미닫이였다. 게다가 딱히 잠가놓지도 않았다. 그런 게 아니었다면 현관문으로 탈출할 엄두도 못 냈을 것이다. 기어서 문 앞까지만 간다면 왼손만으로도 옆으로 밀어 열 수 있다. 물론 그 뒤로도 계단이라는 험난한 난관이 남아있지만 당장의 목표는 집에서의 탈출이었다.

계속 불어나는 구정물을 헤치고 둥둥 떠다니는 슬리퍼를 지나 드디어 현관문 앞에 다다랐을 때였다. 뒤쪽에서 어김없이 훼방꾼의 목소리가 들려왔다.

"마마보이가 이번에도 엄마 도움을 받았군."

놈이었다. 나는 그 말을 무시하고 문을 향해 왼손을 뻗었다. 약간 모자랐다. 더 다가가야 했다. 필사적으로 기어서 현관문에 딱 붙었다. 이제는 90도밖에 움직일 수 없는 팔로도 충분히 문을 열 수 있는 거리였다. 하지만 놈이 그냥 놔두지 않았다.

"혼자 어딜 가려고?"

놈은 나를 끌어당겼다. 기껏 가까워졌던 현관문과의 사이가 멀어지는 것과 함께 몸 전체가 뒤집혔다. 앨리게이터가 내 다리를 물고 있었다. 이제야 놈의 형체가 명확하게 보였다. 다큐멘터리에 나와 무자비하게 사냥하던 바로 그 앨리게이터 그대로였다. 짧은 네 다리로 버티고 선 놈은 오로지 근육으로만 이루어진 굵은 목을 홱 돌렸다. 나는 그 움직임에 저항도 못 하고 그대로 신발장에 처박혔다. 다리는 감각이 없어도 머리는 아팠다. 보이지 않는 더듬이가 신호를 보내왔다. 더 위험한 게 오니까 조심하라고. 아니나 다를까 이번에는 반대로 휘둘렸다. 벽 모서리에 정확히 관자놀이를 찧었다. 지금까지와는 차원이 다른 통증에 정신이 아득해졌다. 나는 축 늘어졌다. 놈이 떠들어댔다.

"넌 절대 살아서 여길 나갈 수 없어. 여기선 내 맘대로 할 수 있거든."

인정할 수밖에 없었다. 늪지대의 왕은 악어이고, 이 우라질 반지하야말로 지금으로선 늪 그 자체니까. 그래도 놈에게 한 방 정도는 먹이고 싶었다. 그러면 죽어도 여한이 없을 것 같았다. 나는 남은 힘을 다해 목소리를 짜냈다.

"넌 아무것도 아니야!"

"맞아. 난 아무것도 아니지. 하지만 넌 날 무서워하잖아, 그렇지?"

"아니."

"목소리가 떨리는데? 난 말이야, 네 속을 들여다볼 수 있지."

놈은 덩치에 어울리지 않게 말이 많았다. 그러고 보니 자기가 살인마라는 걸 굳이 떠들어댄 것도 놈이 수다스러워서였지 싶었다. 악어는 소리를 못 낸다는 걸 지적해주고 싶었지만 지금은 때가 아니었다. 대신에 나는 질문을 던졌다.

"그럼 내가 지금 무슨 생각하는 것 같아? 응?"

"살려달라고 빌고 싶어 하는군."

"틀렸어. 내 목 근처까지만 오면 한 방 먹이겠다고 벼르는 중이야!"

"통나무가 한 방을 먹이겠다고?"

놈은 기분 나쁜 소리를 내며 웃어댔다.

"왜? 겁나냐?"

"아니지, 아니야. 겁은 네가 내고 있어. 난 알 수 있거든. 이 몸은 네가 두려워하는 그대로 변하니까."

앨리게이터는 그 말과 함께 내 몸을 짓누르며 천천히 올라왔다. 아마 자기 힘을 보여주고 싶은 거겠지. 감춰두었던 이빨을 드러내며 목덜미를 물어뜯고 싶겠지. 짐작만 했다. 귀신이 된 놈이 하필이면 앨리게이터의 모습을 하고 날 괴롭히는 이유를. 그랬는데 놈이 떠벌리는 이야기를 듣고서는 확신으로 바뀌었다. 저 지독하고 악랄한 존재는 내 공포심의 산물이었다. 내가 두려워하는 감정이 그대로 투영되어 놈은 악어가 되었다. 즉, 앨리게이터를 만들어낸 건 바로 나였다. 그렇다면……

"자, 어떻게 한 방 먹일 거지?"

놈이 긴 주둥이를 벌렸다 닫았다 하며 나를 노려봤다. 가까이에서 마주한 악어는 정말로 끔찍한 몰골이었다. 그렇지만 더는 무섭지 않았다. 나는 힘껏 소리쳤다.

"너는 악어가 아니야!"

"뭐?"

놈의 목소리가 살짝 떨렸다. 당황한 것 같았고, 덕분에 내 생각이 옳았다는 사실을 알 수 있었다. 나는 다시 한번 외쳤다.

"너는 거대한 수컷 앨리게이터도 아니야!"

"헛소리 그만……"

"넌 그냥 박봉주야! 귀신도 아니고 살인마도 아니고 늙어빠져 틀니나 딱딱거리는 인간이라고!"

그 순간이었다. 내 몸을 짓밟고 있던 앨리게이터가

순식간에 중늙은이로 변했다. 그것도 틀니가 빠진 모습으로. 합죽이가 된 아가리를 보자 웃음이 터져 나왔다. 놈은 어쩔 줄 몰라 하는 표정을 짓다가 웅얼거렸다.

"이럴 수 없어. 이럴 수……."

"아가리 닥쳐!"

꽉 그러쥔 왼손 주먹을 휘둘렀다. 내내 벼르고 별렀던 한 방을 놈의 턱에 꽂았다. 놈이 이미 죽었건 말건, 귀신이 되었건 말건 상관없었다. 나는 이 한 방이 통할 거라는 걸 알고 있었으니까.

턱을 맞은 놈은 비명을 질렀다.

"으아아!"

처절하고 끔찍한 비명이었다. 그 비명을 남긴 채, 놈은 사라졌다.

20.

승리의 기쁨은 오래 이어지지 않았다. 여운을 만끽할 새도 없이 그야말로 차가운 현실이 몰려왔다. 그새 거실에도 물이 더 불어난 것이다. 나는 똑바로 누운 채

일단 숨을 골랐다. 그러고는 왼손으로 신발장을 잡고 몸을 뒤집었다. 신발장이 붙박이라 얼마나 다행인지.

"됐다!"

간신히 엎드린 자세가 된 나는 조금 전의 일을 반복했다. 현관문까지 기어가기. 이미 경험해서 그런지 아까보다는 수월했다. 결국 문 앞에 도달했다. 섀시 틈 사이에 손가락을 넣고 옆으로 밀었다. 현관문은 고집 센 늙은이처럼 신음만 흘릴 뿐 열리지 않았다. 아무래도 힘이 부족한 모양이었다. 귀신도 때려잡은 왼손인데…….

한참 끙끙대다가 기억을 떠올렸다. 우리 집 현관문은 레일 부분이 구부러져 있어 조금 들면서 밀어야 했다. 문 열어본 게 아득한 옛날 일이다 보니 그것도 까먹고 있었다. 다시 섀시 틈에 손을 넣었다. 힘껏 들어올리면서 동시에 옆으로 밀었다. 문은 고대 신전의 비밀 입구가 모습을 드러내듯 끼이익 하는 거창한 소리를 내며 열렸다. 문 바깥쪽, 계단 아래 고여 있던 물이 안으로 들어왔다. 바깥 상황도 썩 좋지는 않았다. 밀폐되어 있던 집 안만큼은 아니어도 역류한 수챗물이 빗물과 섞인 채 폭포처럼 떨어져 내려 계단 두 칸 정도를 집어삼키고 있었다.

나는 문밖으로 나가기 전 주위를 살폈다. 계단은, 공교롭게도 모두 열세 단이었다. 이렇게 깊숙한 지하에 땅굴처럼 공간을 만들어 반쪽짜리 창문 하나 내어놓고 반지하라 우기다니 세상에 너무하다고 엄마가 혀를 차며 했던 말이 떠올랐다. 그러거나 말거나 우리에게는 선택지가 없었다. 아예 창문도 없는, 지구의 핵과 가까울 것 같은 어둠의 지하에서 사느니 이 집이 나았기 때문이었다. 계단은 가팔랐다. 내가 병원에서 집으로 돌아올 때 무척 고생했던 기억이 되살아났다. 건장한 구급대원 둘이서 땀을 뻘뻘 흘려가며 간신히 나를 옮겨줬다. 이제 그 계단을 거꾸로 올라가야 했다. 그것도 혼자 힘으로. 믿을 건 무적의 왼손과 계단 난간뿐이었다.

"도와주세요!"

혹시나 해서 소리를 질러봤다.

"살려주세요!"

밖이니 조금 더 잘 들리지 않을까 했지만 폭우와 광풍의 하모니에는 당해낼 수가 없었다. 바람이야말로 귀신이 흐느끼는 것만 같은 소리를 내며 불었다. 빗줄기는 숫제 사선으로 날리고 있었다. 방울 하나하나가 포도알만큼이나 굵었다. 밤하늘 위에 번개가 금을 그었고, 뒤이어 천둥이 그 금을 따라 어둠을 갈라놓았다. 하늘이 산산조각이 나며 떨어져 내리는 게 아닐까 걱정될 정도였다.

이런 태풍을 뚫고 돌아다닐 사람은 없을 것이고 창문을 열어둔 사람도 없을 것이다. 반지하가 침수되지 않을까 걱정하며 들여다보는 착한 집주인도 없을 테고. 세상에 나 혼자만 남은 느낌이었다. 이 무시무시한 태풍은 오직 나를 처치하기 위해 비바람을 쏟아내는 것 같았다. 길고 긴 하수구를 빠져나온 뒤 퍼붓는 비를 맞으며 우뚝 선 '앤디'처럼 나 역시 그럴 수 있다면 좋겠지만 내 다리는 말을 듣지 않았다. 예전에는 그 영화, 그러니까 「쇼생크 탈출」 포스터를 방에 붙여두기도 했다. 하지만 움직이지 못하게 된 뒤로 엄마에게 떼 달라고 부탁했다. 이제 정말로 의지할 건 왼팔과 왼손뿐이었다.

나는 반쯤 물에 잠긴 채 계단 아래를 기어 층계에 도착했다. 거기서도 숨을 참은 상태로 왼팔만 뻗었다. 그러고는 난간을 잡았다. 차가운 감촉이 느껴졌다. 왼손에 힘을 꽉 주고 몸을 끌어올렸다.

"으으."

저절로 그런 소리가 나왔다. 어금니를 깨물었다. 간

신히 한 계단을 올랐다. 턱을 계단에 올려놓고 버티면서 왼손으로는 난간의 조금 위쪽을 잡았다. 그러고 다시 힘을 줬다. 그때였다. 손에 힘이 빠지면서 그대로 나동그라졌다. 나는 다시 현관문 근처까지 밀려 내려갔다. 왼팔로 땅을 짚어 물에 처박히는 것만은 피했지만 터져 나오는 절규를 참지는 못했다.

"으아아!"

21.

엄마는 늘 말했다. 울면 지는 거라고. 그러니 절대 울지 말라고. 나는 친구에게 따돌림을 당해도, 나만 산타할아버지의 선물을 받지 못해도, 아무리 아파도 절대 울지 않았다. 지기는 싫었으니까. 그랬던 엄마가 사고 후 대수술을 마치고 의식이 돌아온 나를 보더니 먼저 울음을 터트렸다. 그러면서 말했다.

"아프면 울어도 돼. 힘들면 울어도 되고."

아프고 힘들었다. 나중에는 아픔조차 못 느꼈고 그래서 두 배는 더 힘들었다. 아무튼 나는 충분히 울 자격이 있었다. 그래도 울지 않았다. 울음이 터지기 직전까지 간 순간은 수없이 많지만 끝내 참아냈다. 질 수 없었고, 지기 싫었다. 이미 졌다는 걸 알았지만 그걸 인정하기 싫었다는 게 더 정확한 표현일 것이다.

나는 물에 처박혀 거의 울 뻔했다. 정말 울기 일보 직전까지 갔다. 흐느낌이 새어 나왔고, 입술이 파르르 떨렸다. 바로 그때 뭔가가 내 얼굴 근처로 둥둥 떠왔다. 처음에는 놈이 돌아온 건가 싶어 화들짝 놀라 눈물이 쏙 들어갔고, 그것의 정체를 파악한 다음에는 어이가 없어 울지를 못했다. 그건 엄마가 이불 빨래할 때 쓰는 빨간색 고무 대야였다. 그 대야가 한 척의 배처럼 유유히 떠다니고 있었다. 거기다가 대야 안에는 그놈의 시궁쥐가 떡하니 타고 있었다. 이제는 반가울 정도였다.

"같이 가자."

쥐새끼는 내 말을 알아듣기라도 한 듯 고개를 끄덕였다. 대야는 충분히 컸다. 어릴 적 목욕탕에서 바가지를 가지고 그랬듯이 대야에 몸을 의지하면 당분간은 떠 있을 것도 같았다. 게다가 잠깐 사이에도 물은 더 불어나 부력 역시 충분해 보였다. 나는 대야를 계단에 밀어 움직이지 않게 한 뒤 조심스레 상체를 걸쳤다. 한번 기우뚱했지만 엄마의 물건답게 잘 버텨줬다. 엄마는 뭐든 오래오래 쓸 수 있는 튼튼한 걸 사니까.

"됐어."

나는 이 사태가 벌어진 이후 처음으로 안정감을 느꼈다. 몸의 절반은 물속에 있었고 추운 것도 여전했지만 이대로라면 익사는 면하리라 싶었다. 오히려 물이 더 차오르길 바랄 정도였다. 그러면 대야와 함께 자연스레 떠오를 테니까. 다만 한 가지 찝찝한 건 보이지 않는 더듬이가 계속 촉각을 곤두세우고 있다는 점이었다. 아직 안전하지 않으니 당연한 일이었지만, 그걸 감안하고라도 지나칠 정도로 경계심이 발동했다. 미처 속내를 다 드러내지 않은 악의가 물속 저 밑에서 꿈틀대는 것 같았는데, 사실 그건 아주 정확한 판단이었다. 그런데도 나는 대야 위에서 균형 잡는 일에 심취해 더듬이의 경고 신호를 무시했다. 그러면 결국 대가를 치르기 마련이다. 신호를 어기면 말이다.

22.

이것도 내셔널지오그래픽에서 본 건데, 아프리카의 한 부족 사이에는 이런 말이 전해진다고 한다.

"악령은 두 번 퇴치해야 한다. 그것들 역시 두 개의 사악한 계획을 가지고 있음으로."

나는 놈이 완전히 사라졌다고 믿었다. 꼬리를 말고 지옥 어딘가로 떨어진 거라고. 그게 실수였다. 앨리게이터가 집요하고 치밀한 사냥꾼이라는 사실을 간과한 것이다. 뭔가가 이상하다고 생각한 건 미세한 진동을 느끼면서부터였다. 비가 계속 퍼붓고 바람 역시 갈수록 심해져 대야가 흔들리는 건 당연한 일이었지만 그렇다고 안마기처럼 계속 떨어댈 건 아니었다. 그건 결국 물이, 그리고 땅이 진동한다는 의미였다. 시궁쥐 역시 진동을 감지한 듯 대야 안에서 찍찍거리며 빙글빙글 돌았다.

놈이 느닷없이 한마디를 던진 건 바로 그때였다.

"끝난 줄 알았지?"

"뭐야? 너 어디 있어?"

놀랐다. 그리고 불안했다.

"나도 끝난 줄 알았거든. 그런데 아직 조금 힘이 남아있어서 말이지."

"숨어서 떠들지 말고 내 눈앞에 나타나! 내가 또 한 방……."

"한 방이라 해서 그러는데, 나도 딱 한 방 정도밖

에 없더군. 물론 깨지기 직전의 달걀이니까 톡 건드리는 것만으로도 충분하긴 했어."

놈이 무슨 소리를 하는 건지 알 수 없었지만 그게 아주 위험한 일과 연결되어 있다는 건 확실했다.

"이제 진짜 끝이야, 통나무. 잘 버텼어."

놈의 목소리는 점점 작아졌다. 마치 꺼지기 직전의 촛불 같았다. 그럼에도 사악한 기운은 전혀 줄어들지 않았다.

"무슨 짓을 하려는 거야?"

내 질문에 대한 대답은 놈의 웃음으로 돌아왔다. 미친 듯이 웃어젖히던 놈이 그 소리를 뚝 멈춘 순간 무시무시한 굉음이 날아들었다.

두두두두!

그건 거대한 무언가가 무너져내리는 소리였다. 이 동네 위쪽은 야산과 맞닿아 있다. 호우 때 토사가 흘러내린 적이 있어 야산은 콘크리트 벽으로 막아놓았다. 나는 직감했다. 바로 그 벽이 무너졌다는 것을. 땅이 울었다. 천둥보다 더 큰 소리가 났다. 잔뜩 성난 무언가가 맹렬한 기세로 밀려 내려오고 있었다.

나는 요동치는 대야에 매달리는 것 말고는 할 수 있는 게 없었다. 그 순간에는 반쯤 정신이 나갔다. 간신히 유지하고 있던 의지의 끈이 툭, 하고 끊어져 버렸다. 산이 무너지는 건 도저히 감당할 수 없는 문제였다. 몇 분, 아니 몇 초 후면 이 계단으로 토사가 쏟아져 내릴 것이다. 그건 피하기도, 막기도 불가능한 재앙이었다. 절망적인 상황이었다. 끝내 놈이 이겼다. 그 생각까지 하자 최소한의 힘마저 사라졌다. 나는 모든 걸 포기하고 눈을 감았다.

그 순간이었다.

한없이 따뜻하고 포근한 기운이 나를 감쌌다.

엄마였다.

23.

엄마는 자꾸만 내 다리를 주물렀다. 그래봐야 소용없다는 걸 엄마도 알고 나도 아는데도. 내가 짜증 섞인 말투로 그 사실을 지적하면 엄마는 이렇게 말하곤 했다.

"이게 다 기운이라는 게 있는 거야. 너는 못 느껴도 다리는 느낄 거야."

"그게 무슨 말도 안 되는 소리야? 아무 느낌도 안

난다니까!"

"엄마는 알아."

"엄마가 뭘 아는데?"

"아무튼 알아."

말이 안 통하는, 의외로 고집도 센 엄마였다.

그러던 어느 날이었다. 환상통이 너무 심해 잠들지 못하고 눈만 감은 채 끙끙거리고 있었다. 다리가 아팠다. 두 다리를 믹서기에 넣고 통째로 가는 것 같았다. 그렇게 앓다가 설핏 잠이 들었는데 어느 순간부터 통증이 느껴지지 않았다. 대신에 따뜻한 기운이 다리를 감쌌다. 나는 슬며시 눈을 떠 아래를 봤다. 엄마가 내 다리를 주무르고 있었다.

지금이 바로 그때와 같았다. 나는 엄마를 온몸으로 느낄 수 있었다. 놈처럼 이것저것 떠들면 좋겠는데 엄마는 아무 말도 하지 않았다. 그래도 알 것 같았다. 엄마가 무슨 말을 하려는 건지.

아무튼, 알 수 있었다.

나는 그 짧은 순간에 정신을 차렸다. 왼손을 뻗어 다시 계단 난간을 잡았다. 물이 불어나 조금 전보다는 몇 계단 위였다. 그냥 난간을 잡는 것만으로는 부족할 것 같아서 아예 왼팔을 감았다. 그러고는 대비했다. 진군해 오는 적들에.

토사는 우렁찬 소리와 함께 덮쳐왔다. 싯누런 황토 물이 해일처럼 몰아치는 장면은 장관이라는 생각을 얼핏 떠올릴 정도로 충격적이었다. 골목을 뒤덮으며 쏟아내 내려온 흙과 물과 모래와 돌멩이가 계단 아래로 돌진해왔다. 나는 눈을 꼭 감고 왼팔에 모든 힘을 실었다. 머리 위로 토사가 쏟아졌다. 엄청난 힘이 나를 내리눌렀다. 으르렁거리는 소리에 귀가 멀 것만 같았다. 머리가 아팠다. 아니, 그냥 온몸이 다 아팠다. 그런 걸 일일이 느낄 수 있다니 미친 게 아닐까 하는 생각을 잠깐, 아주 잠깐 했다. 그다음부터는 머릿속이 아예 텅 비어 버렸다. 나는 계단, 정확히 말하자면 계단 난간과 한 몸이요 그 자체라는 생각밖에 안 했다. 어쩌면 우리는 닮은 구석이 있기도 했다. 잘 움직이지 않는 길쭉한 쇳덩이니까. 쇳덩이. 그래, 놈이 지어준 그 빌어먹을 통나무라는 별명보다 차라리 쇳덩이가 나았다. 그건 뭐라고 할까, 조금 더 강인하게 들렸다. 계단 위쪽에서 쿵, 하는 육중한 소리가 들렸지만 감히 눈을 뜨고 확인할 엄두도 내지 못했다. 이 흙탕물이 눈에라도 들어갔다가는 아예 앞도 못 보게 될 것 같았다.

시간이 꽤 흘렀다. 아무튼 체감상으로는 그랬다. 원

래 이런 순간에는 모든 게 느려진다. 8톤 트럭과 충돌할 때도 그랬다. 분명 찰나의 순간이었을 텐데 사고를 당하던 때의 나는 시간이 멈춘 것만 같았다. 트럭의 무시무시한 생김새며 구부러진 번호판, 그리고 한쪽이 깨진 헤드라이트 같은 게 정말로 똑똑히 보였다. 심지어 오토바이와 함께 붕 떠오른 그 순간에는 트럭 운전사의 얼굴과 표정까지 보일 정도였다. 지금도 마찬가지였다. 흙이며 모래 알갱이가 하나하나가 다 느껴졌다. 그것들이 내 얼굴을 쓸면서 내려가는 동안 지독하게 긴 시간이 지나버린 듯했다.

그리고…… 마침내 모든 게 멈췄다.

얼굴을 때리는 게 단순한 빗물이라는 사실을 깨닫고 나서도 한참 더 있다가 눈을 떴다. 토사는 내 명치 근처까지 쌓여 있었다. 조금만 더 양이 많았더라면 내 얼굴까지 집어삼켰을 테고, 기세로 봐서는 그러고도 남았을 듯한데 이상했다. 나는 위쪽을 올려다보고 나서야 이유를 알았다. 토사가 자비를 베푼 게 아니었다. 8톤까지는 아니고 대충 1.5톤 정도 되어 보이는 파란색 포터 트럭이 계단 입구를 딱 막고 있었다. 쿵, 하는 소리는 트럭이 우리 집 벽에 부딪히며 낸 모양이었다. 아마 트럭도 토사에 떠밀려 내려왔을 텐데 그 위치가

절묘했다. 행운이라 생각했다가 그게 아니란 걸 깨달았다. 놈이 무너지기 직전의 벽에 금 하나를 더 가게 했다면 엄마도 트럭 한 대 정도는 움직일 수 있지 않았을까? 그게 행운이나 신의 자비가 나와 함께 했다는 것보다 더 합리적인 추론 아닐까?

진짜로 행운인 건 따로 있었다.

이 정도 규모의 재난이라면 다들 집에만 틀어박혀 있지 못할 게 뻔했다. 아니나 다를까, 멀리서 사이렌이 울려 퍼지더니 점점 가까워졌다.

24.

"살려주세요! 여기 사람 있어요!"

나는 입으로 빗물이 들어가건 말건 꽥꽥 소리 질렀다. 이번이 마지막 기회라는 느낌이 왔다. 더는 버티기 힘들었다. 토사는 나를 끌어당기지 못해 안달이었다.

"사람 살려!"

이제 정중한 부탁은 사양하자.

"살려줘! 여기야, 여기!"

짧게 내지르니 한결 나았다. 효과도 있었다. 효과가

있었다!

"거기 누구 있습니까?"

믿음직스러운 목소리가 바람을 뚫고 들려왔다. 이런 상황쯤 수백 번은 넘긴 베테랑이 낼 법한 목소리였다. 나는 드디어 돌아온 대답에 흥분했다. 그랬기에 오히려 말이 더 안 나왔다.

"여기, 트럭, 계단, 아래, 지금……."

대답이 없었다. 덜컥 겁이 났다. 내가 환청을 들었던 걸까? 아니면 그 사람이 누구이건 방금 내가 한 말을 듣고 취객의 헛소리라고 생각한 걸까? 혹시 둘 다 아니고 난 이미 죽은 거라면…….

"지금 구조하러 가겠습니다!"

잘못 들은 게 아니었다.

"빨리 와 주세요."

저절로 애원하는 말투가 됐다. 거듭 말하지만 이런 극적인 순간에는 시간이 참 안 간다. 화가 치밀 정도였다. 구조를 하러 온다더니 서둘러야지, 기어 다니는 앨리게이터도 이것보다는 빠르겠네, 뭐 이런 생각을 했다. 그만큼 간절했다. 그만큼 살고 싶었다. 한참 시간이 흐른 것만 같은 기다림 끝에 주위가 소란스러워진다 싶더니 손전등 불빛 몇 개가 내게 뻗어왔다.

"요구조자 찾았습니다!"

누군가가 외쳤다.

"지금 구조해드리겠습니다."

또 다른 누군가가 말했다.

"감사합니다. 감사합니다."

내가 할 말은 그것뿐이었다.

구조 과정은 쉽지 않았다. 먼저 사랑하는 엄마가 보내준 트럭을 치워야 했고, 구조대원 두 명이 안전줄을 허리에 두르고 내게로 내려와야 했으며, 전혀 움직이지 못하는 나를 위해 나머지 구조대원 셋은 위에서 줄을 잡고 끌어올려야 했다. 내가 천천히 올라가는 동안 아마도 아까 그 믿음직한 목소리의 주인이지 싶은 구조대원이 물었다.

"이 몸으로 어떻게 버티셨습니까?"

"많은 일들이 있었죠."

정말로 많은 일들을, 나는 그 한 문장으로 축약하는 데 성공했다. 살인, 고립, 태풍, 귀신, 앨리게이터, 그리고 토사까지…… 족히 소설 한 권은 될만한 이야기였다.

나는 마침내 실한 무처럼 땅에서 뽑혔다. 속이 다 시원했다. 뜨거운 것이 가슴 깊은 곳에서부터 스멀스

멀 올라왔다. 구조대원 둘이서 나를 들것에 싣고 구급차로 향했다. 나는 누운 채로 잠깐 집을 봤다. 더는 안식처라 부를 수 없게 된 그곳은 여전히 물과 토사가 밀려 들어가고 있었다. 그때였다. 쥐새끼 한 마리가 쪼르르 기어 나와 어둠 속으로 사라지는 걸 발견했다. 나는 그 녀석이라는 걸 대번에 알아봤다. 바로 그 시궁쥐였다. 녀석도, 그리고 나도 결국에는 살아남았다.

25.

나는 이성주의자고 현실주의자이며 감상에 젖는 걸 싫어하는 터프가이지만 구급차에 오를 때쯤에는 북받쳐 오르는 감정을 주체하기 힘들었다. 오만가지 감정과 수만 가지 생각이 머릿속을 휘돌았다. 살아났다는 감격에 뜨거운 기쁨을 느꼈지만 반대로 엄마를 볼 수 없다는 생각에 슬픔이 차오르기도 했다. 앨리게이터를 떠올리니 새삼 소름이 돋았고, 그놈을 처치할 수 있어 다행이라는 생각도 들었다. 최초의 사건 이후 며칠이나 지났는지 가늠할 수도 없었지만 나는 용케 버텨냈다.

"괜찮으세요? 의식은 있습니까?"

구급대원이 내게 물었다.

"네. 안 괜찮지만 의식은 있습니다."

나는 대답했다.

"맥박부터 재고 간단히 살펴볼 텐데 괜찮습니까?"

"그 전에 뭐 하나 물어봐도 됩니까?"

"뭐가 궁금하세요?"

나는 망설이다가 결국 물었다.

"울어도 되죠?"

"그럼요."

구급대원의 말이 끝나기 무섭게 울음이 터져 나왔다. 나는 정말로, 정말로 서럽게 울었다. 어린아이처럼 엉엉 울었다. 한 번 울기 시작하니 멈출 수 없었다. 아니, 멈추고 싶지 않았다. 속에 가득 찬 이 울음을 좀 게워내야 살 것 같았으니까. 뜨거운 눈물이 얼굴을 타고 흘러내리는 걸 느끼며 나는 살아 있음을 실감했다. 운전석 쪽에서 라디오 소리가 희미하게 들렸다.

"…… 태풍 메아리의 직접 영향권에서 벗어나기 시작했으며……."

그러고 보니 비도, 바람도 조금은 잦아든 것 같았다. 그야말로 한참을 울고 난 후 나는 구급대원에게 말했다.

"이제 됐어요. 뭐든 해주세요."

"알겠습니다."

구급대원은 능숙한 솜씨로 맥박과 혈압, 그리고 체온을 쟀다. 그 사이 구급차는 움직이기 시작했다. 나는 눈을 감았다. 앞으로의 일이 어떻게 될지 걱정스러웠다. 그다지 즐겁지는 않을 것이라는 게 내 냉철한 판단이었다. 해피엔딩 같은 건 쉽게 얻을 수 없다. 하지만 빌어먹을 악어 귀신한테 쫓길 때보다 최악이지는 않을 것이다. 똥물에서 허우적댈 때보다 절망적이지는 않을 것이다. 쏟아지는 토사를 속절없이 맞고 있을 때보다 불쾌하고 고통스럽지 않을 거라는 것도 분명한 사실이었다. 어쩌면 다시 죽고 싶어질지도 모른다. 통계에 의하면 전신마비 환자의 90퍼센트 이상이 자살 충동에 시달리니까. 이 지옥에서 살아남긴 했지만 내가 바로 그 전신마비 환자라는 사실에는 변함이 없었다. 그러거나 말거나 상관없었다. 어쨌든 지금은 기분이 꽤 괜찮았고 안도감을 느끼고 있으니까. 구급차 안이 따뜻하다는 점도 마음에 들었다. 책을 써볼까? 얼핏 그런 생각도 했다. 내 경험을 바탕으로 소설을 쓴다면 잘 팔리지 않을까? 아이패드와 무적의 왼손만 있으면 소설 정도는 식은 죽 먹기로 쓰겠지, 뭐. 그래도 지금 제일 하고 싶은 건 따로 있었다. 나는 구급대원에게 다시 물었다.

"자도 됩니까?"

"물론이죠. 걱정하지 말고 푹 주무세요. 그동안 병원에 도착할 테니까요."

정말로 졸렸다. 눈을 감았다. 기다렸다는 듯 잠이 몰려왔다. 아마도 아주 달콤하고 곤한 잠이 될 것만 같았다. 그렇게 자 본 지가 아주 먼 옛날의 일인 듯했다. 자고 일어나면 맛있는 것도 많이 먹을 것이다. 그때쯤에는 잔뜩 마신 빗물과 구정물도 모두 빠져나가 배가 홀쭉해졌겠지. 점점 의식이 가라앉았다. 하품이 나왔다. 머릿속에 노랫소리가 울려 퍼졌다. 늪지대 운운하는 그 노래가 아니었다.

자장자장 우리 아기. 자장자장 잘도 잔다.

엄마가 불러주던 자장가였다. 도대체 언제 적 기억이람. 잠이 쏟아지고 모든 게 몽롱한 상태에서도 슬며시 웃음이 나왔다. 그래도 기분은 좋았다. 이제야말로 진짜 잠자리에 들 시간이었다. 문득 자고 일어나서 하고 싶은 일이 하나 더 떠올랐다. 내셔널지오그래픽을 보고 싶었다. 백상아리와 범고래 중 누가 이기는지 꼭 알아야겠다. 할 일이 많구나. 해야 할 일이, 하고 싶은 일이 많구나…….

다행이다.

안녕, 엄마.

나는 잠들기 전 마지막의 마지막 순간 엄마에게 인사를 건넸다. 그게 끝이었다. 그리고 새로운 시작이었다.

<끝>

중편소설로 시작하는 공포문학의 새로운 도전.

"내 소설들이 꽤 성공해서 혹자는 내가 쇼핑 카탈로그를 출판해도 잘 팔릴 거라고 말할 정도가 되었지만, 이 중편들만은 출판할 길이 없었다. 단편치고는 너무 길고 장편치고는 너무 짧았기 때문이다."

세계적인 베스트셀러 작가 스티븐 킹이 그의 유명한 중편소설 「리타 헤이워드와 쇼생크 탈출」, 「스탠 바이 미」가 수록된 첫 번째 중편소설집 『사계』에서 중편소설의 처치 곤란에 대해 쓴 글의 일부이다. 이 글에서 킹은 인기 작가가 된 자신조차 중편소설을 출판하는 것은 어려운 일이라고 하소연하며, 집필하는 글이 2만 단어를 넘어가면 단편소설의 나라에서 벗어나고, 4만 단어에 가까워지면 장편소설의 나라에 입성하는데 그 중간 즈음, 국경선이 불분명한 지점에 중편소설이 위치한다며 분량의 모호함에 대해 지적한다. 사전적 정의로도 명확한 설명이 있는 장편소설이나 단편소설과 달리, 중편소설은 '분량이나 구성의 복잡성, 주제의 복잡성이 장편소설과 단편소설의 중간쯤'이라고만 정의하기도 한다. 그만큼 대중적으로 친숙한 형태가 아니라는 의미다. 그렇다면, 이러한 악조건에도 불구하고 『중편들, 한국 공포문학의 밤』이란 중편소설 선집 기획이 나오게 된 이유는 무엇인가?

설명을 위해선 약 20년 전으로 거슬러 올라가야겠다. 당시엔 장편 공포소설을 집필할 역량을 갖춘 작가 풀이 부족했기에, 우선은 공포 단편소설을 모아 선집 출간을 함으로써 작가 풀을 키워보면 좋겠다는 구상을 입사한 직후부터 하고 있었고(입사 지원서에 공포문학 단편선 기획안이 들어있을 정도로 진심이었다.), 마음에만 품고 있던 이 기획은 몇 년 후, 『모녀귀』로 출판 인연을 맺은 이종호 작가와의 논의 자리에서 자연스럽게 흘러나왔다. 마침 '유령의 공포문학'이라는 네이버 카페를 운영하며 여러 작가와 '매드클럽'이라는 공포 작가 연대를 결성하던 중인 이종호 작가가 흔쾌히 이 기획에 힘을 실어주었다. 곧바로 작품 수급에서부터 계약까지 일사천리로 진행되었고, 1년여의 기간을 거쳐 완성된 『한국 공포문학 단편선』은 출간 즉시, '공포'에 '문학'을 입힌다는 콘셉트가 크게 화제가 되어 주목받았다.

하지만 너무 주목받았기 때문일까? 『한국 공포문학 단편선』은 한국간행물윤리위원회에서 폭력성을 이유로 '청소년 유해 간행물'로 지정되고 말았다. 도서가 '청소년 유해 간행물'로 지정되면 독자들과 구조적으로 차단되는 시련을 겪게 된다. 온·오프라인 서점에서 해당 도서는 도색물과 같이 취급되며 '19세 미만 구독 불가'라는 딱지를 달고 매대나 온라인 책 정보 노출에서 제외된다. 장르의 특성을 무시한 이 조치에 작가들은 항의의 목소리를 높였고, 독자들 또한 장르의 다양성을 옹호하며 호응을 보내어, 첫 단편선은 '청소년 유해 간행물' 지정에도 불구하고 지금까지 9쇄나 증쇄할 수 있을 정도로 주목을 받았으며, 이 관심이 밑거름되어 「한국 공포문학 단편선 시리즈」는 이후 6권이나 출판될 수 있었다.

하지만 긴 시간 공포소설 단편 선집이 연속해서 출판되다 보니 피로도와 함께 담당 편집자로서 한 가지 깊은 고민이 생겼다. 바로 단편 선집의 반복된 출판만으로는 좋은 작가 풀을 구성하는 게 쉽지 않다는 현실 때문이었다. 단편소설은 처음 소설을 집필하는 작가나 독자에게 진입 장벽이 낮은 편이다. 반짝이는 아이디어만으로도 이야기를 꾸려낼 수 있고, 이야기 전체를 완벽하게 그리지 않고 특정 부분만 흥미롭게 들춰내도 독자들은 재미있게 따라 읽을 수 있다는 장점 때문이다. 하지만 단편은 단편대로 그 한계도 명확했다. 이야기가 전체를 담아내지 못하기 때문에 독자들에게 완독에서 오는 독서 경험을 주기 어렵다. 또한 여러 명이 참여한 앤솔러지인지라 작가 한 명에게 집중하기 힘들다. 이와 더불어 영상화 판권 등 작가들에게 이익을 가져다줄 2차 저작물로 전환도 쉽지 않다. 아이디어 영역인 단편에서 이야기 전체를 담는 영상을 만들기 위해선 아예 새로 쓰는 각본이 필요한 수준이기 때문이다.

그렇다면 단편소설 대신 장편소설을 쓰도록 독려하면 어떨까? 역시 현실은 녹록지 않다. 단편소설 한두 편 써본 작가가 장편소설로 바로 넘어갈 수 있는가 하면 그런 경우는 흔치 않기 때문이다. 단편소설에서 아무리 빛을 발하는 작가라고 해도 장편소설로만 넘어오면 그 긴 호흡을 이겨내지 못하고 특유의 빛을 잃는 경우가 많을 정도로 장편소설은 쉽지 않은 영역이다.

그러나 좋은 작가군을 찾아내고 '공포문학'이라는 장르를 대중화할 수 있는 작가 풀을 형성하기 위한 첫발인 단편집은 반드시 다음 단계로 진화해야만 했다. 공동 기획자인 이종호 작가는 "10만 부를 파는 작가 한 명보다 1만 부를 파는 작가 10명이 더 좋다."라며 장편 집필 역량이 되는 좋은 작가들을 여럿 확보하는 것이 공포문학이라는 장르의 안정적인 정착을 위한 필수 조건이라며 단편의 영역에서 벗어날 필요성을 편집부에 강변하기도 했다.

편집부의 고민은 어느덧 장편소설과 단편소설이 아닌 중편소설을 향해 있었다. 당시로서는 200자 원고지 800매가 최소 소설의 출간 분량이라고 여기던 시절이라 중편소설은 개별 출판하기도 애매하고 두세 편 이상 묶어 출판해야만 했다. 그런데 이 기준을 탈피해서, 한번 중편소설 자체를 단행본으로 출판하면 어떨까 하는 생각에 이르렀다. 장편소설만큼 작가나 독자에게 부담스럽지 않으면서도 단편이 가진 매력을 그대로 담아낼 수 있는, 그러면서도 2차 저작권을 위한 충분한 내용도 담아내고. 이 기획은 작가나 출판사나 모두 큰 도전이자 결심이었지만, 출판사와 작가 모두의 찬동 끝에 10명의 작가와 계약에 이르는 사전 준비를 빠르게 마쳤다.

그러나 호기롭게 시작된 '한국 공포문학 중편 선집' 기획은, 몇 가지 문제점이 해결되지 않으면서 결국 좌초되고 말았다. 무엇보다 집필 완성이 가장 큰 문제였다. 장편보다 부담이 적다 해도 완결성 있는 작품을 원고지 3~400매에 담아내는 일이 결코 쉬운 게 아니었다. 작가 입장에선 경제성 측면에서 고려해도 적지 않은 노력과 시간을 들여야 하는데, 그만큼의 결과가 나올지 장담할 수 없는 상황에서 의욕만으로는 중편 집필에 매달리는 게 쉽지 않은 일이었다. 당시 시장 환경 또한 공포소설에 호의적이지 않았던 점도 작가들의 도전 의식을 꺾은 요소 중 하나였다. 공포가 터부시되는 현실에 실망한 몇몇 작가들은 아예 다른 장르나 분야로 업종을 전환하기에 이르렀고, 얼마 지나지 않아 '한국 공포문학 중편 선집' 계약은 상호 해지 절차에 이르고 말았다. 이때 기획 무산에 아쉬움을 토로하며 마지막까지 계약을 유지하고 언젠가 중편 선집의 기획에 참여하겠다는 의지를 보인 것은 김종일, 전건우 두 작가였다.

우려했던 대로 「한국 공포 문학 단편선 시리즈」 역시 6권을 넘어서자, 단편집에 대한 독자의 피로도 때문인지 관심이 서서히 줄어들었고 결국 작품 수급조차 어려워지며 시리즈를 지속하기 어려워지게 되었다. 이후 한동안 국내 창작 공포소설 선집을 출판하는 기획은 재개되기 어려웠고 공포문학의 대중화라는 빛바랜 이상은 성마른 의욕으로만 남았다.

그러나 재기의 기회는 뜻밖의 곳에서 찾아왔다. 바로 황금가지의 온라인 소설 플랫폼 브릿G의 출범이었다. 브릿G는 그간의 장편 연재 위주의 웹소설 플랫폼과 달리 중편소설 및 단편소설에도 친화적이었는데,

웹상으로 공개하기 어려웠던 다양한 작품들이 쏟아지듯 브릿G에 게시되었다. 덕분에 플랫폼에 올라온 양질의 소설들이 다양한 경로로 출판 시장에 큰 역할을 할 수 있었고, 황금가지 역시 여러 작품을 계약하며 출판물을 연이어 독자들에게 선보일 수 있었다. 이때 계약한 작품 중 공포소설의 비중이 상당했는데, 덕분에 3년 만에 새로운 공포문학 단편집 『단편들, 한국 공포문학의 밤』이 출간될 수 있었다. 이전 「한국 공포문학 단편선 시리즈」의 후속작 성격이기도 했기에 '공포문학'을 제목에 그대로 살려 출간하였는데, 수록작들이 워낙 선별된 작품이었던지라 재미와 작품성에서 크게 주목받았고 매출도 좋았다. 나름의 성공에 고무되어 후속작격인 『단편들, 한국 공포문학의 두 번째 밤』까지 출간하였고, 내친김에 좌절되었던 중편 선집 기획을 10년 만에 다시 꺼내 들 용기도 얻을 수 있었다.

우선, 중편소설 계약을 유지하고 있던 두 작가분께 의향을 물었다. 이미 둘 다 개인 이름을 건 장편소설을 꾸준히 출판하고 있었고, 현재 한국 공포문학의 대들보 같은 존재들이었다. 기대에 부응하듯 흔쾌히 참여하겠다는 의사를 받아낼 수 있었다. 이제 함께 출판

할 수 있는 중편 공포 작품을 찾는 게 관건이었다. 이를 위해 브릿G의 공모 시스템인 '작가 프로젝트'는 제 역할을 톡톡히 했다. 두 차례나 이어진 공모를 통해 신인 작가의 작품 4편을 선별해 낼 수 있었다. 또한 『단편들, 한국 공포문학의 밤』에서 인상적인 단편 중 하나인 「허수아비」에 대한 중편화 제안을 흔쾌히 수락한 배명은 작가의 신작을 포함하니 총 일곱 편의 작품 원고가 확보될 수 있었다.

아쉽게도 「이벤트 호라이즌」 같은 우주 배경 호러가 이번 작품집에 수록되지 못한 점은 다양성 측면에서 아쉽지만, 각기 저마다의 개성을 뽐내며 오컬트와 스릴러 장르로 구분되어 구성된 선집이 완성되었다. 총 일곱 편인 데다, 시리즈 제목 또한 「중편들, 한국 공포문학의 '밤'」이었기에 이를 조합하여 '일주일 밤 동안 펼쳐질 공포의 향연'이라는 테마를 부여할 수 있었고, 각 작품을 월요일부터 일요일까지 배치하였다. 오랜 기간 공포 중편 선집에 희망의 끈을 놓지 않고 기다려 준, 그리고 꾸준히 작품 출간을 통해 한국 공포문학의 발전에 이바지해 온 김종일 작가와 전건우 작가의 작품을 앞뒤로 배치하여 본 중편 선집의 시작과 끝을 여

닫을 수 있도록 하였다. 추리로 본다면 사회파 추리가 있듯, 사회파 공포의 장르적 매력을 돋보이면서도 개성적인 설정이 주목받았던 『사람의 심해』가 화요일에 위치하였다. 단편 「허수아비」의 후속작이자 시골을 배경으로 한 공포를 잘 그려낸 『허수아비』가 수요일, 『허수아비』의 시골 배경을 그대로 이어받아 차분한 서술과 음울한 분위기를 선보일 『액연』이 목요일, 방 탈출 앱이라는 소재를 공포와 오컬트, 거기에 추리라는 장르까지 결합하여 만든 『벽지 뜯기』가 금요일, 이번 선집에서 가장 많은 분량에 무당을 주인공으로 본격적인 퇴마물을 선보인 『우물』이 토요일에 배정되었다.

이번 기획은 길게는 20년, 짧게는 2년이라는 기간이 소요된 장기 프로젝트이다. 결실을 맺기까지 많은 이들의 고민과 노력이 있었다. 첫 문단에서 스티븐 킹의 중편소설에 대한 하소연을 발췌한 건 기획자의 불안한 마음을 대변한 글이기 때문이었다. 과연 중편소설로 다른 독자들의 호응을 끌어낼 수 있을까? 그리고 이 오랜 기획은 기쁨의 결실을 맺을 수 있을까? 또한 성과를 내는 데 그치지 않고 또 다른 중편 출판 기획과 그리고 나아가서 더 많은 공포 장르의 장편소설이 나올 수 있는 첨병 역할을 할까? 결과는 알 수 없다. 그러나 본작을 시작으로 일주일 동안 이어지는 한국 공포문학의 밤을 즐겨주시라. 또한 이후 꾸준히 출간될 공포 중편 소설도 응원해달라.

'그게 끝이었다. 그리고 새로운 시작이었다.'
『앨리게이터』 중에서

― 황금가지 편집주간 김준혁

중편들, 한국 공포문학의 밤
앨리게이터

1판 1쇄 찍음 2024년 9월 5일
1판 1쇄 펴냄 2024년 9월 20일

지은이 | 전건우
발행인 | 박근섭
편집인 | 김준혁
펴낸곳 | 황금가지

출판등록 2009. 10. 8 (제2009-000273호)
주소 | 06027 서울 강남구 도산대로 1길 62 강남출판문화센터 5층
전화 | **영업부** 515-2000 **편집부** 3446-8774 **팩시밀리** 515-2007
홈페이지 | www.goldenbough.co.kr

도서 파본 등의 이유로 반송이 필요할 경우에는 구매처에서 교환하시고
출판사 교환이 필요할 경우에는 아래 주소로 반송 사유를 적어 도서와 함께 보내주세요.
06027 서울 강남구 도산대로 1길 62 강남출판문화센터 6층 민음인 마케팅부

ⓒ전건우, 2024. Printed in Seoul, Korea
ISBN 979-11-7052-430-4 04810
ISBN 979-11-7052-429-8 04810(세트)

㈜민음인은 민음사 출판 그룹의 자회사입니다.
황금가지는 ㈜민음인의 픽션 전문 출간 브랜드입니다.